U0106058

花鸟虫鱼问答丛书

家养君子兰100问

● 李亿坤

福建科学技术出版社

明珠　株型中等，叶姿整齐，叶片雄伟，花大色艳，观赏效果优良。(陈新昌)

宝　花色艳丽，叶片光亮，株形观，呈现出蓬勃向上的“君子”神，堪称改良兰精品。(廖水生)

园红 “侧看一条线，正看一把扇”，红花中间显，红绿互相映，美观又别致。(张富胜)

碧绿 叶片墨绿，美人扇形，气质昂扬，君子风格，花色艳美，株形美丽。(谢光明)

天照 青筋黄地，叶片宽短，脉纹清晰，花大色艳，株形观。(王水和)

翠玉绿 叶色翠绿，光亮照人，株型中等，花橘红色，令人赏心悦目。(钟大华)

改良兰

贵宝 碧绿的叶片,层层厚叠,显示蓬勃向上的青春活力。花色艳丽,株形美观,为改良兰佳品。(李亚贵)

笑中兰 翠绿的叶片,火红的花团,红绿相映,仿佛在“叶中笑”,耐人寻味。(黄日宣)

石屏 株型中等,脉纹明显,座形好,花大色艳。(潘祥)

山兰 叶片翠绿，株型壮观，绝丽的花朵似莲花正座，显得十美丽，为改良兰佳品。(何秀丽)

华喜 叶片宽大，叶色墨绿，排列整齐，株形端庄，花大色美。(谢中华)

华笑 华笑和华喜是姊妹株，但华笑叶片稍小，花更艳丽，更具观赏价值。(谢中华)

桂株 叶片墨绿，株正形美，一株在手，其乐无穷。(李成桂)

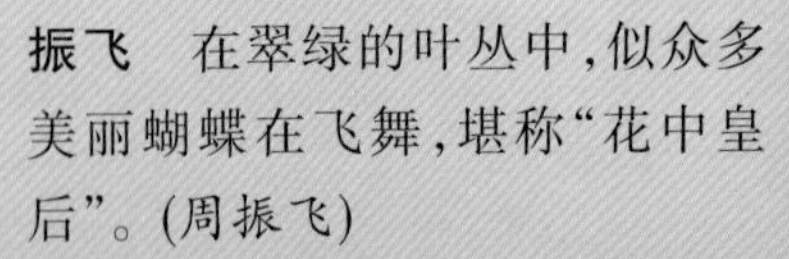

振飞 在翠绿的叶丛中，似众多美丽蝴蝶在飞舞，堪称“花中皇后”。(周振飞)

胜中展 青筋黄地,脉纹清晰,株形端正,花朵美丽。(张有胜)

ı 花梗粗壮,花鲜红色,似大球
团,热烈奔放,显得十分美丽。
中荣)

瑰 叶片碧绿, 中等株
,端庄大方,雅致秀美;
朵大,橘红色。为改良兰
品。

朝天笑 叶色翠绿，脉清纹显，光亮照人，株形美丽，花色鲜红，箭粗花丽，为改良兰佳品。(钟天泗)

聚叶兰 叶片排列紧密而有序，株形似一把还未全开的扇子；粗壮的箭蕊，直往上冲，呈现出不怕任何风浪的君子风度。(廖锦秀)

宝莲灯　叶片碧绿，排列整齐，株型中等，端庄大方；花箭粗壮，绿叶丛中的艳花含情脉脉，真似“宝灯”里的明珠，闪闪发亮。

叶丛珠　叶色翠绿，脉纹明显，株形端正，红花绿叶，艳花相聚，堪称改良兰之精品。(王秀娟)

改良兰

宝石花 青筋黄地，脉纹清晰，叶片光亮，腊膜照人；绿叶红花，晶莹秀美，真如宝石，闪亮明星。为改良兰之佳品。(魏大可)

金水兰 叶片整齐，座形壮观，株形美丽，花大色美。(李阿胜)

赤平 叶色碧绿，叶展舒畅，座形美观，株形端正，花色美丽。(何进芳)

童灵 株形中等，叶色墨绿，叶片整齐，有一定观赏价值。(潘九妹)

绿宝萝 叶片墨绿，排列整齐，株形高大，花色艳美，为改良兰之精品。(张进宝)

改良兰

翠玉圆头　头形圆，脉纹显，株型中等，观赏效果好。(王小山)

朝星　花朵与叶片高度相似，花朵开放齐，花大色美，观花效果好。(廖天星)

绿蟹　叶色墨绿，叶片平伸似蟹爪，株形美丽，花色鲜红，花朵艳美。(陈日升)

翠心圆 叶片翠绿,脉纹明显,头形圆,座形美观,株形美丽,为改良兰之佳品。(李翠玉)

思兰 叶色浓绿,叶片整齐,株形美,花色艳丽。(黄小英)

改良兰

掌上珠 扇形的叶片，雄伟的
株,观叶胜观花。(李明珠)

满天飞 叶片奇特,好似双
翅张开跃跃欲飞的蝴蝶,花
鲜红艳丽。(陈叔琴)

红双喜 青筋黄地，叶脉清晰，花色浓艳，喜气洋洋。(张学喜)

长凤兰 叶片宽大，排列整齐，株形端正，花色艳丽。(钟凤兰)

改良兰

燕尾兰 叶片碧绿，叶脉明显，株正形美，花大色艳。(何日新)

仙梅 火球似的花团，朵朵醒目清晰，真如仙女散花，令人叫绝。(朱水仙)

得胜 为大胜利品种。叶色深绿，座形好，花美色艳，为早期国兰之佳品。(黄水龙)

芳茶 叶绿色有光泽，排列有序，株型适中且端正，花鲜红色，观赏效果一般。(刘昌庆)

芳茶 叶绿色有光泽,排列有序,株型适中且端正,花鲜红色,观赏效果一般。(刘昌庆)

生晨 为小胜利品种。株型稍大但比大胜利略小，花箭较高,花鲜花色。(张伯良)

极红大花　株型适中,叶绿油亮,脉纹清晰但不突出;花梗粗壮,花鲜红色，花大色美。为国兰之佳品。

翠　为早期国兰大老陈品种。叶直
向上弯翘,深绿色,花橘红色。(朱
香)

黑虎 为早期国兰染厂品种。叶面粗糙无光泽,叶片较薄呈弓形,叶片上有两道纵状的皱褶;花橙红色。观赏价值不很高。(钟海生)

龙早 为早期国兰油匠品种。叶绿有光泽,脉纹明显,花橙红色。(钟海生)

亮光 为和尚品种。叶色深绿，叶薄呈弓形下曲又向上翘起，似莲花形，花为红色或橙红色，株形端正，为早期国兰之佳品。(李发贵)

春锦兰 叶色墨绿，脉纹清晰，叶短宽，座形好，株形美，为春城短叶君子兰之佳品。(刘伯胜)

碧香娇　叶色翠绿，脉纹明显，花橙红色，花大色美，为国兰之精品。(张礼发)

贺春兰　株型中等，叶片整齐，脉纹清晰，座形壮观，二枝箭秆一高一低，是少有的双箭品种；花大色艳，为国兰之佳品。(黄英俊)

龙 叶色草绿，暗淡无光泽，花橘色。(廖水昌)

冲天笑 青筋黄地，脉纹清晰，株形好，花大色美，为国兰之佳品。(朱文山)

小石兰 株型中等，脉纹明显，花橙红色，排列有序的艳花似闪闪发光"宝石"，晶莹剔透，十分美丽。(李进)

昌盛花　叶色碧绿，排列整齐，箭秆稍高，花鲜红色，花大色艳。(陈昌盛)

双平　叶色草绿，楔形座，叶片排列较松散。花鲜红色，花色宜人。(郑有平)

丹桂　青筋黄地，脉纹清晰，叶排列整齐，株形美观，花橙红色。(邓阿华)

双翅展 叶色草绿，脉纹明显，叶片排列有序但长度参差不齐，座形好，花艳美。(郑展雄)

宾兰 叶色墨绿，脉纹明显，座形观，花大色美。叶片向两边伸展，似开的双手，喜迎亲朋。(廖中庆)

座山中 叶片宽大，座形壮观，花大色美，为国兰之精品。(邓国中)

双卧龙 叶色翠绿，有光泽，叶片平展，观赏效果好。(钱龙华)

绿萝笔 脉纹清晰，叶排整齐，株形美观，花色艳美观赏效果好。

恋蝶 叶色草绿，脉纹清晰，株形端庄，花大色丽。(钟阿福)

美人草 株型中等，叶片浓绿，脉纹显，座形好。(张胜有)

梅香兰 叶色碧绿，株型中等，座形好，花鲜红色，花大色艳。(刘梅香)

文翠 叶色深绿，
明显，座形好，株
小，有一定观赏效
(魏莲娣)

雪中月 叶色墨绿，有光泽，脉纹清晰，株形好。(郑耀中)

露杏 叶色深绿，脉纹
显，叶排列有序，座形
致，有一定观赏价值。(
惠明)

金针兰 叶片稍长且薄，呈弓形弯曲，叶排列整齐，座形好。(杨启昌)

翼鸟 叶色草绿，脉明显，有光泽，座形。(钟汉雄)

三鼎足 叶色深绿，排列有序，脉纹清晰，塔形座，株形好，花鲜红色。(杨日和)

抱玉珠 叶色碧绿，
片短宽，脉纹清晰，座
好，株形美，为国兰之
品。(陈上来)

八仙堂 叶色翠绿，脉纹清晰，座形壮观，株形美观，如展翅欲飞的“天堂鸟”，十分雅致，为国兰之精品。(刘兴堂)

灿春 叶色深绿，脉纹略显，塔形座，观赏效果尚好。(赖六妹)

朝晖 叶色深绿,叶排列有序,花大色丽。(洪洪祥)

迎春兰 叶色深绿,座形好,株型适中,花色美丽。(胡日宣)

喇叭兰 叶色翠绿,脉纹略显,花橙红色,花大色美。(吴上来)

碧翠红 叶色深绿,脉纹略显,座形好,株形一般。(肖健民)

双龙出海 叶片碧绿，叶排列有序,株型壮观,观赏效果好。(徐日新)

漫绿萝 叶片宽大,脉纹清晰,叶薄呈弓形弯曲,座形好,是杂交育种的好亲本。(彭水清)

澄金宝 叶色浓绿，脉纹清晰，有光泽，花鲜红色，花大色美，株型壮观，为“长横”君子兰之佳品。(刘向进)

撞钟 叶色草绿，脉纹明显，株型雄伟，花鲜红艳丽。(张克勤)

文园　叶片短宽,头形圆,叶脉清晰,脉纹凸,为“短横”之精品。(钟德胜)

黑虎　叶色墨绿,脉纹清晰,株形好,为“长横”之佳品。(周中祥)

罗汉 叶片短、宽，青筋黄地，脉纹清晰。(罗江东)

瓜条 叶色草绿，脉纹凸起，叶片短宽。(刘开发)

丝索 叶片墨绿，脉纹明显，青筋黄地，为长雀君子兰之佳品。(梁耀旭)

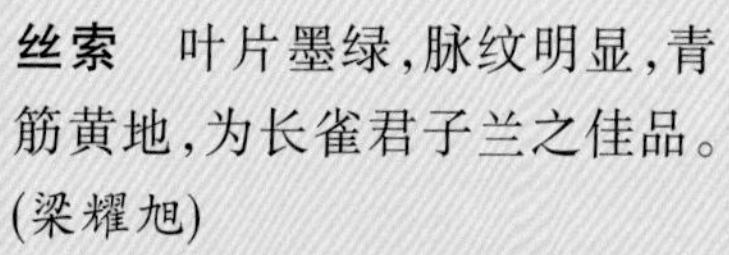

夜深 叶色墨绿，脉纹清晰，株形好，为长雀君子兰之精品。(周金明)

垂笑兰

旭日　叶片稍细长，自然弯曲，排列整齐，花柄细长，花冠橙红色、下垂，株形尚好，为垂笑君子兰之佳品。(徐水明)

长思　叶色深绿，叶片直立，花橘红色。(刘朋辉)

垂笑兰

迎宾　叶色深绿，脉纹明显，株形一般。（唐怀礼）

连洞　叶色草绿，脉纹明显，株形尚好。（朱光俊）

重天　叶色草绿，叶片细长直立，株形尚好。（张国明）

梦 叶片翠绿,脉纹清晰,株形好,为小型兰之佳品。(徐世坚)

花蛇 叶色浓绿,纹明显,株小花大,形美丽,为小型兰精品。(孙佳华)

朗月 叶片翠绿,脉纹清晰,花朵稍小,色彩艳美。(胡泉likely

思静 叶色墨绿,
片直立,排列有序
株形雅致,花鲜
色。(宋朝军)

福喜 青筋黄地，脉纹清晰，座形好，株形端庄，为小型兰之佳品。(陈堂保)

翠雀 叶色翠绿，脉纹清晰，叶排整齐，花橙红色，花色艳丽，株型小巧，堪称小型兰之精品。(杨文静)

小型兰

雅绿 叶色草绿，叶排列有序,箭秆稍高叶片,花橘红色。(周昌胜)

缨红 叶色墨绿，叶片短宽平展,排列整齐,株形美观,为小型兰之佳品。(江自强)

小花蝶 叶色浓绿,座形好,叶片稍薄略向下弯，似一只小蝴蝶,株形美观。(张伯华)

丛中笑 叶色深绿，叶片平展，脉纹明显，观赏性较好。(郑秋白)

雅静 叶色翠绿，座形好，株形美观，为小型兰之精品。(王承林)

小凤仙 叶片短小翠绿，脉纹明显凸出，株型小巧，观赏效果颇佳，堪称小型兰之珍品。(傅晓泉)

白玉凤凰 叶色由白、黄、绿、灰等彩道组成，彩道宽大，色彩华丽，座形好，株形美观，观赏价值高，为叶艺兰之佳品。(王有义)

黄金条 彩带中心为深绿、浅绿、灰，两边为金黄色。在阳光下，金光耀眼，闪闪发光。为叶艺兰之珍品——金边兰。(胡明志

白玉雏凤 彩道宽大清晰，叶片细腻光亮且整齐，头形圆，株形美丽，观赏效果好，为叶艺兰之佳品。(吴长胜)

金丝宝　彩道清晰，质地细腻,叶列有序,株形端庄,颇具观赏价值，为叶艺兰之佳品。(肖日飞)

道宝　彩道清晰,金黄色彩道特
显眼,黄、绿、灰、白相映,株形美
,为叶艺兰之佳品。(杨水初)

翡翠珠　黄白黑绿,彩道明晰,兰质好。但株形较松,需a
提高。(郑金水)

白羽鹤　色彩美丽
型优美;叶片有明显
瓷白、浅绿、金黄
绿、深灰颜色的条
质地细腻,有油润
为叶艺兰之佳品。
林华)

日本兰 A(山田和) 叶片宽大，叶色深绿，脉纹清晰，座形壮观，花大色艳，株形美观，为日本兰之佳品。(谢思日)

日本兰 B(幸子君) 叶色墨绿，脉纹明显，座形好，株形美，花箭高，观赏性尚好。(王进贤)

本兰 D(宣和明) 叶片稍长，叶色绿，叶排形有序，座形好，花艳丽，赏效果好。(李辛甫)

日本兰 C(君子保) 叶片短宽，叶色深绿，脉纹清晰，花色艳美，株形美观，为日本兰之佳品。(刘福昌)

日本兰

日本兰 E(久山日)　青筋黄地
叶色淡绿，脉纹明显，花鲜
色，花大色美。(陈洪玉)

日本兰 F（内久负）
叶片短宽，头圆，青筋黄地，脉纹清晰，观赏效果颇佳，为日本兰之精品。(蓝启祥)

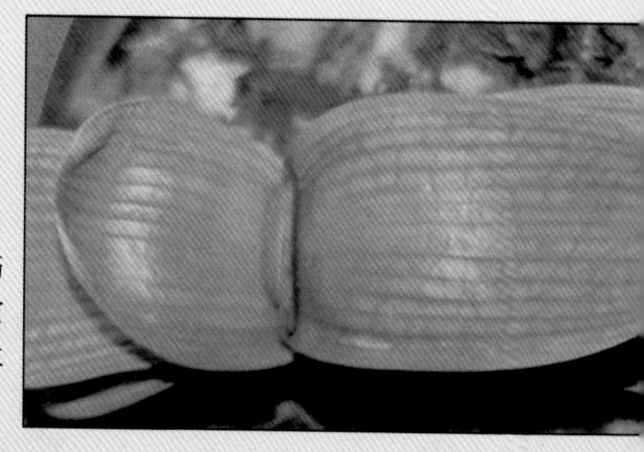

前 言

"君本真君子，花叶有好名，金蕊托红玉，叶立碧亭亭；形似美人扇，散如凤开屏，端庄伴肃雅，报春斗严寒。"这是人们对君子兰形与质的赞美。君子兰花、叶、果并美，具有"四季看叶，三季看果，一季看花"的观赏特性，因而受到人们的喜爱。

君子兰原产非洲南部山区，喜凉爽湿润和半阴的环境，在我国东北及高原地区室内栽培早已成功。长江流域以南气候湿热，日照太强，温度太高，成了制约南方君子兰栽培的主要因素之一。近年，长江以南地区每年都从东北地区引进大批君子兰，但多数都没有养好，失去了品种原有的欣赏性状。南方到底能否养好君子兰？君子兰要如何养护才能花繁叶茂？这成了君子兰爱好者极为关心的问题。

笔者对君子兰栽培已做了10多年的

研究，积累和摸索出一些经验。本书将君子兰爱好者在养兰中常遇到的诸多问题，归纳成100个问题，并加以解答。内容包括君子兰生长习性、品种选择、育苗、上盆、浇水、施肥、养护、良种培育、无土栽培和病虫防治等。

全书在写作过程中征求了不少养兰者的意见，并得到有关专家的大力支持，在此一并致谢！特别要提及的是，中国花卉协会理事、高级园艺师李少球先生在公务繁忙中，多次给予关心和支持，借此特向李少球先生表示衷心的感谢和由衷的敬意。

本书把君子兰分成十大类，如有不妥，愿与同仁学者商榷。彩照中有一些佳品，按照原名未作更动，所附的鉴赏点评，可能达不到拥有者的原有创意，冒昧之处，敬请海涵；如有遗漏，敬请指正。

由于学识、经验所限，加之编写时间仓促，书中错误不足之处在所难免，恳请专家、读者批评指正。

李亿坤

目　录

生长习性

品种选择

育苗技术

上盆培植

浇水方法

施肥技术

日常养护

新种培育

无土栽培

病虫防治

生长习性

1. 君子兰有何形态特征?

君子兰为石蒜科君子兰属多年生常绿草本植物。它由根、茎、叶、花、果组成（图1)。

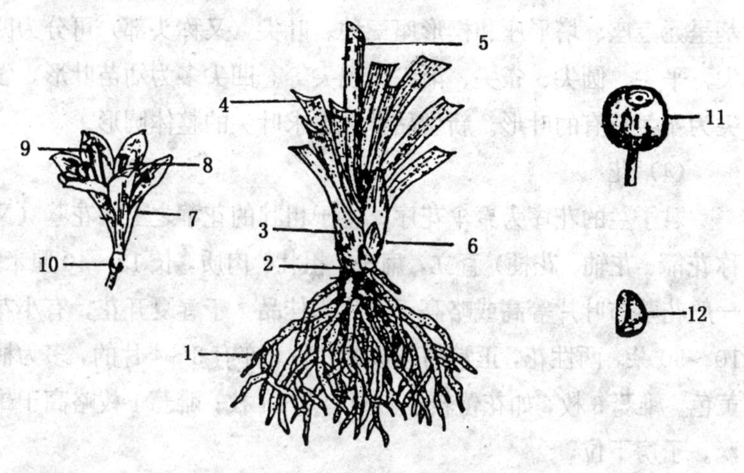

图1 君子兰的形态构造

1. 根 2. 根茎 3. 假鳞茎 4. 叶 5. 花箭 6. 腋芽 7. 花 8. 雄蕊 9. 雌蕊 10. 子房 11. 果 12. 种子

(1) 根

君子兰的根为肉质根，粗壮，直径达0.6～1.2厘米，长30～50厘米。成年植株常有根数十条，一般约30～80条，幼苗1～2

条，小苗 8～12 条。君子兰的新根为乳白色，老根为黄褐色。根尖的表面密生根毛，可从土壤中不断吸取水分和养分。

（2）茎

君子兰的茎可分为根茎和假鳞茎两部分。根茎直径约 5～10 厘米，一般埋入土中；根茎上部着生叶片；假鳞茎由叶鞘集合而成，叶基部两列紧密互抱成鳞茎状，故名。

（3）叶

君子兰的叶片剑形，基生，革质，两列相对叠生，排列整齐。互生叶生于短缩的根茎上，叶鞘互相套叠形成假鳞茎。君子兰的假鳞茎也称为座基，是决定品位、衡量佳品的一个重要标准。座基呈元宝座、塔形座和楔形座三种。叶尖（又称头部）可分为凹尖、平尖、圆尖、雀尖、渐尖、锐尖等。凹尖多为幼苗叶形，雀尖为雀兰特有的叶形。新型品种多追求叶尖的整体圆形。

（4）花

君子兰的花序为聚伞花序，生于粗壮的花葶之上，花葶（又称花箭、花轴、花梗）直立，扁平，粗壮，肉质，长 15～40 厘米。一般花葶与叶片等高或略高于叶片为佳品。于春夏开花，有小花 10～50 朵，两性花，正常的花被为 6 片，亦有 3～4 片的，多为橘黄色。雄蕊 6 枚，如花蕾较小则只有 3～4 枚；雌蕊 1 枚略高于雄蕊。子房下位。

（5）果

君子兰的果实为浆果。未成熟的果为绿色，成熟后的果实为红色。果实的形状多为球形，亦有其他形状或不规则形，如椭圆形、圆锥形、圆粒形、菱形、扁圆形等，因品种不同而异。一个果实含种子 1 粒至多粒。种子为白色或灰白色，不规则形。

2. 君子兰叶的生长有何特点？

君子兰叶的生长与其他花卉植物相比有其独特的生长特点，掌握君子兰叶的生长特点和规律，才可按要求培养出理想的株型。

（1）叶片生长过程

君子兰种子播种后，经50天左右可长出第一片叶子，当年可长叶2～4片；第二年可长到7～10片叶子，第三年可长到10～14片叶子；第四年叶子可长到18～20片。这时开始见花。如莳养得法，在第三年就可长到15～18片叶子，即第三年就可见花。相反，莳养不好，则第五六年也达不到20片叶子。

成株君子兰佳品的叶片，左右排列整齐，侧看一条线，正看一把扇，叶面亮绿，令人赏心悦目。

（2）叶片趋光

君子兰叶片有较强的趋光性，嫩叶趋光性更强。正因为新老叶片的趋光性有强有弱，因此，当君子兰的叶片横向对着光生长的时候，新叶趋光性较强，就会向阳光照射来的方向先“歪”出去，从而使原来生长整齐的叶片出现“歪出”或“歪进”的歪叶现象。如一株君子兰有几片叶子歪了，那么，这盆君子兰的观赏价值就会大大降低。歪叶可用整形的方法予以纠正。

君子兰歪叶与品种也有关系。一旦出现歪叶要及时调整。

（3）叶片类型

君子兰鳞茎短而粗，一般高度仅有4～10厘米；每个节处均有腋芽；整个茎干被叶鞘包裹。君子兰的叶片扁平光亮，呈带状，终年翠绿，可分为直立型、斜立型和垂弓型；根据叶片长度，可分为短叶型（30厘米以下）、中叶型（30～50厘米）、长叶型（50厘米以上），叶片宽度8～14厘米；叶脉隆起，粗而稀；叶色可分为浅绿、中绿和浸绿色。

（4）叶片色彩

一般君子兰叶片颜色为绿色，这是由于叶片含有叶绿素的缘故。但通过人工杂交及选育，君子兰叶片叶绿素会出现或多或少的变异。叶绿素含量增多则成了亮绿或墨绿的新品种；叶绿素含量减少或缺，则成了花脸或彩色君子兰，如富豪彩色君子兰、金丝兰、金边兰、银边兰等。青筋黄地叶色为上品。

彩色君子兰的出现，给君子兰家族增添了新成员。这些独特叶色由黄、白、绿、青、蓝、灰等颜色组成的彩色君子兰，看去宛如金枝玉叶，光彩耀人，可给人美的享受。当今最为名贵的叶艺君子兰，赢得了众多君子兰爱好者的关注和喜欢。

叶艺君子兰具有极高的商品价值和观赏价值，具有广泛的发展前景。

（5）座形

君子兰的假鳞茎俗称座或座形。座形主要有元宝座、塔形座和楔形座。座形影响君子兰的株型，以元宝座和塔形座的株型较好，楔形座株型稍差。

3. 君子兰花的生长有何特点？

实践证明，君子兰如生长健壮，叶子达到12～16片时就可进入孕蕾，但一般都要有14～18片叶子时，君子兰植株才能进入孕蕾期。

（1）花箭（花葶、花梗、花轴）

花箭是从心叶腋中抽出，直立，长15～30厘米。花箭扁平粗壮，肥厚而多汁。

从心叶腋中看见花蕾开始，花箭生长速度加快，在温度20℃

左右时，每天可长1～3厘米。开始花蕾只有绿豆或黄豆大；随着花箭的抽高，花蕾也随着长大。当花箭抽出到全长的3/4以上时，花蕾长达5厘米以上，这时进入开花期。但这时花箭的生长速度已减慢，每天只长0.5～1厘米。从第一朵花张开至第五朵花张开，箭仍在长高，但长的速度很慢，每天只有0.2～0.5厘米。

（2）花序

伞形花序生于花葶顶部，有数枚近白色的覆瓦状佛焰苞片，着花10朵以上。一般一个花葶有花10～30朵，多的达40～60朵。花被6片（亦有4～5片的），呈内外两轮覆瓦状排列，组成狭漏斗状，下有很短的花被筒，花被合生。

（3）花期

君子兰正常开花期，一般南方为12月至翌年4～5月，每朵小花的开放时间为15～20天，一个花序可开放30～50天。如果控制温度和光照，可延长花期。夏季一个花序仅能开放20～30天。

（4）花

君子兰的花蕾多为浅黄色，花开后为橘红色，少数为红色、黄色或橙黄色等。雌蕊1枚，柱头2～3裂，雄蕊3～6枚，其雌蕊长于雄蕊，花药黄色。花开3天以内均为授粉佳期，花粉一般5～7天内有效；存放在1～3℃干燥条件下保存，半年时间花粉仍可使用。据报道，用保鲜纸包裹花粉，放置冰箱的冷冻层保存达3年之久，授粉后坐果率仍很高。可见，君子兰的花粉生活力是很强的。

（5）果实

君子兰自花很难结实，只有通过人工授粉才能获得果实。授粉后8～9个月可成熟。

君子兰果实为浆果，圆形。未成熟时绿色，成熟后红色。每个果实中含种子2粒至多粒。一株君子兰可结籽数十粒至上百粒。

采果时可用刀在花箭的上半部切下，注意不要让伤流进入叶基间隙。切下的果实，可以及时播种，或置阴凉处稍放5～10天，但时间切忌过长，过长会使种子进入休眠期，使种子难发芽。应注意的是，采种时切忌把花箭从根部拔出，否则会导致翌年抹头。

4. 君子兰的根和叶一样多吗？

根是君子兰从土壤中获得生长发育所需要的水分和养料的重要器官。君子兰播种后，在20～25℃的条件下，一般15～20天胚根即可伸出。君子兰根属肉质根系，白色、粗壮，根粗0.6～1.2厘米，根长30～50厘米。

肉质根含水量高，质脆嫩，易弄伤碰断，导致根系腐烂，造成烂根现象。因此，勿伤害根系。确保君子兰根系完好，是养好君子兰的重要一环。

有人说君子兰地上部有几片叶，地下也有几条根，真的是这样吗？这话有一定道理，但也不完全对。

一般一年生之内的君子兰幼苗，其叶片数与根数是相等的，也就是说地下有一条根，地上也长一片叶。但二年生以上的君子兰，叶和根的数目就不再相同了，总的趋势是根多叶少。有时能看到具有上百条肉质根的君子兰，但却很少看到超过40片叶的君子兰。

根茎尚有一个特点，即根的再生力极强。当根系腐烂后，即使完全无根，但只要有一个光头根茎头，只要处理得当，经一定时间后，光头根茎仍可长出新根。因此，君子兰爱好者常用这个特性，使烂根君子兰重发生机，恢复生长。

5. 君子兰一般能活多久？

对这个问题，目前尚无权威定论，但有资料介绍，君子兰寿命在20～25年。不过君子兰一般开花5～6年后，长势开始减弱。但也能见到30龄以上的君子兰，叶片尚老健苍绿，继续开花。对君子兰爱好者来说，都希望能延长君子兰的寿命。

延长君子兰寿命措施有以下几点：

①促进老株恢复生机。对老龄君子兰，可除去基部老叶，然后精心培育，不用多久，老株仍能生机勃勃，繁花似锦，不仅延长了寿命，而且可以保持品种特性。

②换土壮茎。对过长的根茎，可切除下部的一段，重新换上新土，使植株根茎上部重新发根。

③剪除衰老劣根。将衰老的肉质根疏去，因这些根虽然还长，但已丧失了生理功能，根毛区早已经不能吸收肥水。只有把它们去掉才能促其生出新根，恢复吸收功能。

6. 君子兰对温度有何要求？

君子兰原产南部非洲山地的季雨林中，当地属于冬暖湿润、夏凉干润的地中海类型气候区，最冷月平均气温约在10℃上下，白天最高气温可上升到15℃左右，晚上最低气温一般仍在5℃以上，可见原产地冬季是比较暖和的。夏季则并不炎热，最热月平均气温仅22℃左右，即使白天最高气温也很难上升到30℃以上，与地球上大部分地区的气候相比，原产地一年之中冷热变化不大。

长期的自然选择，久居林下的独特生态环境，形成了君子兰性喜温暖湿润气候和较耐半阴的生态特性。对温度的适应范围较窄，既怕热，又怕冷，不耐寒。

(1) 种子发芽温度

君子兰种子发芽最低温度约为15℃，发芽适宜温度20～32℃，最适温度28～30℃。如温度太低则种子萌发和出苗时间延长，养分消耗多，种子和胚根易腐烂；温度太高虽能加快生根出叶速度，但幼苗纤弱、生活力弱，且易徒长。在播种的最适温度20～25℃范围内，出苗率高，幼苗生长较快而又健壮（表1）。

表1　君子兰不同生育期适宜温度　(℃)

项目	育苗期	生长期			花期	
		1～6叶	6～14叶	14～18叶	抽箭期	开花期
昼	20～30	20～28	20～26	18～24	18～24	18～24
夜	20～30	10～16	10～14	10～12	10～12	10～12
昼夜温差	恒温	10～12	10～12	8～12	8～12	8～12
平均	20～30	15～22	15～20	14～18	14～18	14～18

(2) 适宜生长温度

适宜生长的温度为15～25℃。在适宜温度范围内生长良好。春秋两季是一年中最适于生长的季节。夏季若气温超过25℃，剑状叶生长就十分缓慢，30℃以上则不适生长，盛夏酷暑常处于停止生长的半休眠状态。

(3) 开花适宜温度

适宜开花温度为20～25℃，冬季室温达15℃以上，便可停止休眠，使本来在春夏开放的君子兰，提早到春节开花。开花后再适当降低温度，有利于伞状花序上的花充分开花，对促进和延长花期有良好效果。

一般君子兰抽箭最适温度为20℃左右，若温度低于12℃，就对抽箭不利，从而出现夹箭现象，导致未抽出箭就开花。

（4）越冬适宜温度

君子兰怕冷，不耐低温。冬季，5℃以下生长受抑制，0℃以下受冻害。在寒冷地区君子兰冬季进入休眠，在广东则仍可生长，只要越冬期间温度保持5℃以上，安全越冬便不成问题。如白天保持15～25℃，夜间保持7～15℃，昼夜温差8～10℃（昼夜忌恒温），有利君子兰冬季生长发育。南方家庭养兰，把君子兰放置室内向阳处，即可满足要求。

7. 君子兰对光有何要求？

君子兰稍耐半阴，忌烈日直接照射。严格地讲，它是一种忌强光、喜散光的半阴性植物。夏季烈日曝晒会使叶色发黄、变红，出现种种日烧症状，使它那秀丽的翠叶变得苍老不堪。越夏期间应将其放在能遮光的阴棚或有充足散光的半阴处。

春秋两季是君子兰的旺盛生长时期，通常遮去正午前后的直射强光即可满足需要，平时不但不必放在阴暗处，还应适当注意增加早晚的光照时间。

冬季室内自然光照不足，光强太弱，尤其是过于阴暗的室内，常会出现叶色发黄现象。越冬期宜放在向阳的窗台上，每天早晚并可用配有聚光灯罩的白炽灯或日光灯给以补充光照。如果外界气温上升到5～8℃，即可打开门窗，或者临时将盆花移至室外，让君子兰直接照晒太阳，使平时因光照不足退绿的叶片从中获得必要的补偿。

实践证明，也可根据温度的升降来控制和调节君子兰的采光量。具体操作是：如果外界气温在22℃以下，就无需采取任何遮光措施；在22～28℃时则需适当遮光，并需保持一定的光照强度；

而当外界气温超过 28℃时，就必须采取可靠的遮光措施，特别是三伏天直接受光照的时间宜少不宜多。

这种依温调光的措施，能更好地满足君子兰喜光习性的要求。但测量温度时一定要认真，而且要准确。

暗光、无光及直接光都对君子兰生长不利。阳光不足，尤其在无光的黑暗环境下，生长受到抑制或生长不良；阳光太强的直射阳光，则致君子兰灼伤或“日灼病”。

在散射光下，君子兰生长良好，叶翠绿，叶片光亮，植株生长正常。由此可知，给君子兰 40%～50%的散射光为最好，对君子兰生长发育最为有利。

8. 君子兰对水有何要求？

君子兰虽喜比较湿润的土壤，但其肉质根茎粗壮发达，能贮存较多的水分，因而稍能耐旱，平时浇水总的来说不必过多、太勤。原则是干浇湿停，浇则必透。

盆土长期过湿或渍水易使柔软的肉质根腐烂，特别是冬季休眠阶段根系活动能力较弱，适当控制浇水量次数对促进根系健壮，避免渍水烂根很有好处。

开花期是君子兰发育的旺盛时期，需水较多，加之此时气温回升快，蒸发大，适时适量浇水能防止纤维状根干瘪萎缩，叶片打蔫，并能促使花序上部更多的小花开放。

君子兰对空气湿度也有一定的要求。要求生长季节偏湿，休眠期偏干。夏季在给盆土浇水的同时要特别注意保持较高的空气湿度。久晴不雨，空气过于干燥，会强化叶面蒸腾，致使叶缘皱缩焦边，暗淡失色。常给叶面喷水和向地面泼水，既可降低气温，增大空气湿度，减少叶面蒸腾，促使叶片翠亮光洁，还可减少炎夏对盆土的浇水量次，有利促进肉质根茎的茁壮成长，以及滋生新的小根，并可防止和减轻闷热环境中根腐病的发生和危害。

水质以雪水、雨水较好；河水、自来水次之；井水、地下水矿化度高，最好不用。近来有报导认为，给君子兰浇磁性水效果很好。水温以接近土温，春秋两季20℃左右较为适宜。

君子兰缺水不但影响叶绿素的形成，而且会加速叶绿素的分解，因此干旱会使君子兰叶色变浅、失绿、变黄。

品种选择

9. 君子兰品种是怎样分类的?

我国君子兰品种,在分类上至今还没有一个公认的统一提法。有的人按君子兰的来源和植株特点,将我国君子兰分为:国兰(长春君子兰的总称)、日本兰、鞍山兰、横兰、雀兰、缟兰和垂笑兰等七大家族;另外,也有人将我国的君子兰分为:国兰、日本兰、横兰、改良兰(近年杂交培育的新品种)和彩色兰等五大类。

根据君子兰的来源、生物学特性,及其主要的特征等诸多因素,笔者认为,我国君子兰可分为改良兰、国兰、横兰、雀兰、垂笑兰、小型兰、花脸、鞍山兰、叶艺兰(彩色兰)和日本兰等十大品系。

①改良兰。80年代以后,通过杂交培育的君子兰品种。此类品种多为佳品。

②国兰。我国早期的君子兰品种,主要是70年代以前的君子兰老品种。

③横兰。它的叶片特别宽,有长横和短横之分。短横的叶片长宽比接近1∶1。

④雀兰。它的主要特点是叶端有似"雀嘴"的急尖,且是显性基因,遗传性十分稳定。

⑤垂笑兰。它开花时的下垂花朵,可作插花品种加以开发利用。

⑥小型兰。株型较小的君子兰，可与“掌上盆景”相媲美。

⑦花脸。主要特征是“叶肉”与“叶脉”有强烈反差。

⑧鞍山兰。鞍山君子兰爱好者用杂交方法培育的君子兰新品。耐高温，适宜南方栽培。

⑨叶艺兰（彩色兰）。色彩鲜艳、妙不可言，具有广阔和美好发展前景的君子兰珍贵品种。

⑩日本兰。是从日本引进的君子兰品种，座形好，是杂交的好亲本。

10. 君子兰品种名称是怎么来的？

中国君子兰一些品种的命名，说起来却是一个很有趣的故事。

君子兰原产于南非洲，美国人于1823年带回美国，后流传至欧洲。明治年间日本人从欧洲引入日本，日本的植物学家大久保给它命名为“君子兰”。1923年日本园艺家村甲，以两盆君子兰送给中国末代皇帝溥仪。溥仪的妃子谭玉龄死后，溥仪将一盆君子兰摆放在护国般若寺谭玉龄的亡灵前，事后忘了收回，就此君子兰才流落民间，君子兰由普明和尚在庙里精心养护、培育而流传下来。为纪念普明和尚莳养君子兰的功劳，群众给君子兰中的一种佳品取名“和尚”。

1945年，抗日战争胜利后，伪满洲朝廷解体，皇宫中的君子兰品种也流落到民间，即宫里的御膳师将宫中君子兰赠送给了东兴染厂陈国兴经理莳养。他精心育出了优秀的品种，命名为“染厂”。

后来皇宫的花匠也带出两盆，被胜利公园收留栽种，命名为“大胜利”、“二胜利”。其母也带出一盆送给医生吴大夫，因此又有“吴大夫”品名的出现。

解放后直至60年代初期，长春出现了一批培养君子兰的能手，因此以培养者名称或职业命名的“油匠”、“技师”等杂交品种相继出现。

我国君子兰爱好者，多年来对君子兰倾注了无限心血，培育出如圆头、花脸、短叶、花脸短叶、凤冠、雀兰、横兰、金边兰、银边兰、金丝兰等众多精品。这些君子兰新品种的命名，多是根据君子兰本身某一特点（如叶片）取名的。如圆头，其叶端宽阔，无急尖，即头形较圆而得名；花脸则是叶脉与叶肉构成强烈色差而命名；雀兰的叶端（头形）带急尖，似雀儿嘴而得名。

此外，亦有一些以培育者的名字命名的，如王显文花脸、郭德生花脸、徐国忠腊膜等。

11. 怎样鉴别君子兰品种的优劣？

怎样鉴别君子兰的优劣？目前还没有一个统一的标准。

家庭养花者，常从市场上购买君子兰，所以鉴别品种的好坏在选购时也很重要，下面主要从幼苗、叶、花、果四方面来介绍一些鉴别原则。

（1）苗期（实生苗）鉴别君子兰优劣

①看叶裤。叶裤即与第一片相对的小胎叶。叶裤宽厚，端部钝圆，颜色紫红或深褐的为上品；叶裤窄薄、端部锐尖、颜色浅淡的为一般品种。

②看根茎。根茎短粗的为上品，细长的为一般品种。

③看叶片。小苗叶片宽厚，正反面纵横脉纹都明显突起，叶片挺直，叶端圆钝，叶面油亮（有的小叶立着像小饭勺）的是优良品种；而叶窄薄，色暗无光，向一边耷拉着的多是一般品种。

④看是否有“脸”。即叶肉与叶脉在颜色上是否有明显的深浅

不同。

⑤看出苗先后。同一品种，在播种期和管理条件相同的情况下，第一批出土的小苗，即所谓“盆头苗”，往往具有更强的长势，是好苗。

(2) 从叶片鉴别君子兰的优劣

①看叶宽。叶宽10厘米以上为名品；8～9厘米为上品；6～7厘米为中品；5厘米以下为次品。

②看长宽比。叶的长宽比在4∶1左右为名品；(5～6)∶1为上品；7∶1左右为中品；8∶1以上为次品（即叶片不宜过长）。

③看脉纹。叶片纵脉隆起，横脉极明显且间隔很宽，左右基本能对齐呈“田”字格形的为名品；横脉明显，间距较宽，但左右交错不齐只能呈“日”字格形的为上品；横脉明显但间距窄的为上品；看不到横纹的为次品。

④看厚度。叶片肥厚，呈皮革状为上品，一般厚可达2毫米以上；叶肉质松而薄为下品。

⑤看亮度。叶色油亮，横脉间叶肉翠绿色为上品；叶肉草绿色为中品；叶色暗淡无光为次品。

⑥看叶尖。叶端圆钝，略有突尖，尖端向上反扣为上品；叶端突尖，尖端向下反扣为中品；叶片自中部向上渐窄先端渐尖且下垂为次品。

⑦看叶面。叶肉呈浅黄色，叶脉呈深绿色，叶片呈花脸状的为上品。

⑧看叶姿。叶姿挺拔，向斜上方成45度角直伸，上下叶片长短一致，左右排成一条直线，成扇面形排列，此为名品；斜角略大，50度左右，叶片长短相差不多，为上品；叶片一长一短斜生，为中品；无规则为下品。

(3) 从花鉴别君子兰的优劣

①看花葶粗细。花葶粗壮有力呈柱状为上品；扁窄呈剑状为次品。

②看花朵大小。花序中的每朵小花，花呈宽漏斗状，花瓣先端外翻或成匙形，被片长度在5厘米以上，张开度为5～6厘米为上品。

③看花色。花的被片颜色为朱红、橘红、杏红，鲜艳娇嫩，在阳光照耀下有闪闪发光之感为上品；花的被片为杏黄、橘黄色的为次品。

④看箭数。多箭同时开花，或一年开二次花为上品。

⑤闻香味浓。花蕊吐出，有芬芳浓香者为上品；香味淡或没有香味的为次品。

（4）从果实鉴别君子兰的优劣

果实大，发亮，收口处有明显突起，籽粒饱满，胚眼突出为上品；反之为下品（即果实大的比小的好）；发亮的比暗色的好；果实收口处有明显凸起的比不凸起的好；籽粒饱满、胚眼突出的比粒小、胚眼模糊的要好。

12. 君子兰有哪些主要栽培品种？

我国作为观赏的君子兰原始品种有大花君子兰和垂笑君子兰。中国君子兰栽培历史虽只有六七十年，但经过君子兰爱好者的不断努力，已培育出许多君子兰新品种，品种之多，质量之好，堪数世界一流。

目前常见的栽培品种主要有以下20种。

（1）和尚

日伪时期由伪皇宫传到民间，由长春护国般若寺和尚栽培选育而成，是早期君子兰名品之一。叶长40～65厘米，宽8～13厘米，长宽比为5：1，叶厚为0.1～0.15厘米；叶片翘起似莲花状，脉纹明显但不凸起，呈沟纱纹，叶尖圆。花为红色或橙红色，直立。果卵圆形或菱形。和尚幼苗期叶呈匙状。

（2）短叶和尚

叶短，先端钝圆，宽达11厘米；叶面有光泽，翠绿色，脉纹整齐凸起。花直立，橙红色。果球形。

（3）抱头和尚

叶片直立，油绿，叶尖渐尖，边缘内弓呈勺状，先端抱合，脉纹凸起，呈梯格状。花橙红色。果卵圆形。

（4）花脸和尚

叶直立，宽而短，叶片长30～50厘米；叶浅绿油亮，先端渐尖，脉纹隆起呈方格状，深绿色。花鲜红色，直径7～8厘米。果卵圆形。

（5）胜利

1949年东北光复时由伪皇宫传到民间的，为表示抗战胜利而命名。其有两个品系：

大胜利：叶长60～80厘米，叶宽8～9厘米，深绿色。花直立红色，直径8.5厘米。果圆形。

二胜利：亦称小胜利。株型较大，叶脉凸起。花鲜红色，直立。花茎较高。果长圆形。

（6）短叶

叶短，先端钝圆，有光泽，厚而硬，微呈勺形，脉纹整齐，呈长方形，而叶尖部脉纹呈网状。花淡橙红色，花朵较小。果圆形。

（7）春城短叶

叶短而宽，形似短叶先端急尖，绿色，有光泽，脉纹隆起，呈梯格。花橙红色。果卵圆形。

（8）和尚短叶

叶短，浅绿色，绿色或青脉绿底，脉纹明显凸起，呈长方形梯格。花大色艳。果球形。

(9) 花脸短叶

叶短，直立，光亮，脉纹凸起，青脉黄底或青脉绿底。花大色艳。

(1) 青岛大叶

叶片长70～80厘米，宽4～5厘米，色深绿，下垂呈勺形，叶基部较窄，脉纹不突出。花直立，鲜红色。果橄榄形。

(11) 油匠

叶长45～60厘米，宽9～12厘米，叶绿有光泽，纵横纹明显凸起，呈田字格，叶鞘呈元宝状。花直立，鲜红色，有绢光。果圆球形。

(12) 染厂

叶长40～50厘米，宽9～12厘米，脉纹略凸起，侧脉斜。花直立，橙红色。果卵圆形。

(13) 黄技师

叶长45～60厘米，宽8～12厘米；叶肉厚2毫米以上，浅绿色，有光泽，脉纹凸起，呈田字形梯格。花鲜红色，花被基部金红色，有绢光。子房呈红色。果实球形。

(14) 圆头

叶长36～40厘米，宽9～10厘米；浅绿色，有光泽，主侧脉均凸起，叶尖圆，叶鞘呈鱼鳞状。花橘红色。果卵圆形。

(15) 大老陈

叶直立向上弯翘，深绿色，脉纹宽，侧脉斜生。花橙红色，花茎高，盛花期花被互相衔接，形成紧密的伞形花序。果橄榄形。

(16) 腊膜花脸

腊膜花脸是指君子兰叶片的脉络清晰、明显，筋（指叶脉）地

（指叶肉）深浅分明，脉纹突显，呈腊膜光亮。

腊膜花脸品种由和尚作母本，黄技师作父本杂交而成。其特点为脉档宽、色浅、青筋、黄地（或绿地），光泽如蜡，状如罗纱，形似羽扇，端庄肃雅，青翠娇艳，给人以神清气爽的感觉，具有较高的观赏价值。叶片长 40 厘米左右，叶宽 12 厘米左右。

花脸是当代国兰的重要标志和最主要的基础本花之一。因此，腊膜花脸品种的出现，在中国君子兰种发展史上，具有里程碑般的重要意义。

（17）鞍山君子兰

鞍山君子兰是 80 年代中期辽宁省鞍山市君子兰爱好者，用日本兰做母本、圆头短叶和尚做父本进行杂交，再经过多年选育成功的君子兰优良新品种。

鞍山君子兰叶片长为 20 厘米左右，叶宽在 11～15 厘米，宽度与长度之比在 1∶2 左右，叶厚为 0.22～0.3 厘米。

鞍山君子兰耐高温，可在 38℃左右高温条件下生长，并且叶片不徒长，株形不变样，解决了原有国兰系列品种怕高温的难题，适于南方地区莳养。

（18）横兰

横兰是 90 年代鞍山君子兰爱好者用日本兰做母本、短叶圆头做父本进行杂交培育而成。由于它的叶片宽而短，如同一面叶片横着生长，因此被称为横兰。

横兰的叶片宽度达 11～12 厘米，而叶片却短到 12 厘米左右，长宽比在（1～1.5）∶1；叶片厚硬，微有勺形翘起，叶端呈圆形或凹形。耐高温，可在 40℃左右高温下正常生长，适应南方热带地区莳养。

横兰的花朵艳丽，造型秀丽，端庄娟秀，精巧透灵，具有较高的观赏价值和培育价值。横兰有长横和短横之分，实践中多选横兰做父本杂交培育优良新品种。如管理不当，横兰易出现花叶折叠或歪叶及“夹箭”等现象。

（19）雀兰

雀兰是90年代后期沈阳君子兰爱好者从君子兰的芽变中选择培育而成的。

叶长13厘米，叶宽12厘米左右。雀兰株型小，叶层紧凑，小巧玲珑；脉纹突显，纹理整齐；叶面光亮，有腊膜透明之感；耐高温，在40℃条件下生长正常，适于南方热带地区栽培。

（20）彩色君子兰（叶艺君子兰）

彩色君子兰的叶片颜色有如一股拥有多种颜色的彩带一样，有人称它为“花中钻石”，美妙绝伦，是君子兰中最为珍贵品种，具有极高的观赏价值和经济价值。目前彩色君子兰主要品种有：缟兰、金丝兰、龙凤宝、五色鸟、鸳鸯兰、唐三粉、彩道兰、金边兰、五色横兰、三色珍珠、玉龙、汉光、金鼎、鹊兰、金条、富豪、太极等。

缟兰亦称道兰，即有各种颜色花道的君子兰，是君子兰家族中的特异颜色的珍品。植株多为长叶形，质地细腻，有油润感，叶面光亮而明快。叶片宽度在6～8厘米。颜色多为白、黄、绿、银白、灰色等，往往同株叶片出现两侧对称或单侧一致的花边；缟兰几乎没有基本相同颜色样式的两个植株。所以，每株缟兰都可称为“孤品”留传。缟兰生长速度慢，不喜强光；稳定性不强，一般的幼苗长大后易发生变化，甚至出现无花丝现象，不易结实。因此，缟兰的稳定性急待攻克。近年来，许多养兰者用其同横兰、日本兰、鞍山兰、雀兰等杂交，培育出优质单株。

彩道兰嫩时呈翠绿色，而且渐成金黄色，叶片老了后又为银白色，观赏价值高，是杂交育种的优良亲本。

彩边兰叶中心为深绿色、浅绿色、灰色，两边嫩叶为金黄色、老叶为银白色，黄叶近三分之二，为稀有珍品，观赏价值和经济价值都极高。

金丝兰叶片具黄白两色条纹，但金色条纹不是很稳定，有待进一步促进稳定和提高。花鲜红色。

富豪叶色由白、绿、蓝等颜色组成，彩带宽，色调清晰艳丽，质地细腻，有油润感，株形美丽，有很高的观赏价值。

13. 大花君子兰有何生长特性？

20 世纪初，大花君子兰从德国传入青岛。1932 年长春又从日本引进。现在大花君子兰已是长春市市花。我国东北许多君子兰爱好者，用大花君子兰与其他君子兰品种杂交，经多年的选择培育，从而育出许多品质优异的新品种。事实上，大花君子兰是花直立向上的多种君子兰的统称，如大胜利、和尚、染厂、技师、油匠等，以及后期培育的鞍山兰、横兰、雀兰等均属大花君子兰范畴。

大花君子兰其叶宽大，长 30～80 厘米，宽 3～10 厘米（叶宽的品种可达 14 厘米）；叶 2～3 年才衰老脱落；叶表面深绿色，厚而有光泽（图 2）。

花葶粗壮，呈半圆或扁圆形；每花序着花 7～36 朵，最多可达 50 余朵直立着生；花被 6 片（或更多），2 轮，基部合生成短筒。花色有橙黄、橙红、鲜红、深红等色。伞形花序顶生。一个果实具种子 1～40 粒，种子百粒重 80～90 克，呈白色不规则形。早春 2～3 月为盛花期。浆果球形，紫红色。

大花君子兰原产非洲南部山地森林中，性喜温暖湿润，宜半阴的环境，生长适温 15～25℃，10℃以下生长迟缓，5℃以下则处于相对休眠状态，0℃以下会受冻害。30℃以上叶片徒长，花葶过长，

图 2　大花君子兰

影响观赏效果。生长期间应保持环境湿润，空气相对湿度 70%～80%，土壤含水量 20%～40%，切勿积水（尤其冬期室温低时），以免烂根。生长过程中不宜强光照射，特别是夏天，应置阴棚下栽培。要求疏松肥沃、排水良好、富含腐殖质的砂质壤土。

大花君子兰每年可开花 1 次或 2 次，第一次在春节前后，一个花序可开放 30～40 天；第二次在 8～9 月，只有一部分植株能开两次花。植株寿命约 20～25 年。

大花君子兰的主要园艺变种有：黄花君子兰，花黄色，基部色略深；斑叶君子兰，叶有斑。

14. 垂笑君子兰有何生长特性？

垂笑君子兰原产南非好望角。1823年英国人鲍威首先发现并引入欧洲栽培，到1828年又由欧洲传到日本。垂笑君子兰在我国曾一度广泛栽培，现在栽的人减少，可用作大型会客厅、会议室等场合布置之用，整体观赏效果较好。

垂笑君子兰叶片比大花君子兰稍窄，叶质较薄，较长，叶色较深，叶缘粗糙且有坚硬小齿。花葶高30～40厘米，着生40～60朵花，裂片较短，花被片也较窄。花冠呈狭漏斗状，开花时呈半开的花蕾全部下垂，故名垂笑君子兰。花比大花君子兰小，春夏开花，自然结实率低。

垂笑君子兰叶片直立，一般长40～60厘米，宽4～5厘米；叶缘有小刺齿，叶端呈急尖形（图3）。由于垂笑君子兰结实率低，而叶腋萌芽率较高，因此多用分株繁殖。

垂笑君子兰与大花君子兰的主要区别在于，它的花柄细软，花冠中的每朵花都呈钟状下垂；而大花君子兰花柄粗壮，花朵如同小喇叭向上开放。垂笑君子兰从叶面的宽度、脉纹凸显度、座形端庄程度等，均不如大花君子兰的观赏价值高。但伴随着社会发展的需要，垂笑君子兰越来越引起人们的重视，它的独特性状仍在君子兰属独树一帜，不能抛弃。垂笑君子兰葶长花朵多，花期长，可用作鲜切花。

垂笑君子兰的优点是花朵多，垂钟状，缺点是叶片窄长，脉细，少纹。实践证明，采用大花君子兰与垂笑君子兰杂交授粉，可改变垂笑君子兰的叶面状况，使垂笑君子兰的花柄粗硬起来，其子代的花朵又不呈垂钟状，成为不甚高档的上开花（即大花）君子兰了。因此，如何保持和提高垂笑君子兰品种特性，通过杂交

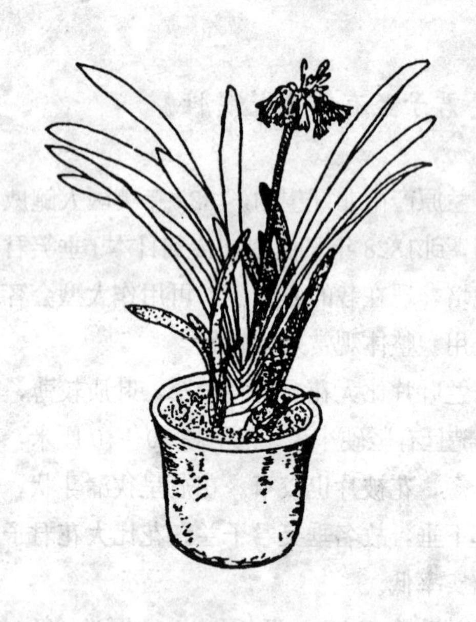

图3 垂笑君子兰

授粉，提高结实率，改丛状盆栽为单株盆栽，增加叶片宽度、脉度，是一定时期内垂笑君子兰栽培技术的主要课题。

此外，还有细叶君子兰。它与垂笑君子兰相似，叶窄呈拱状下垂，深绿色，花10～14朵，伞状花序，橘红色或黄色。花期冬季。南方栽培此种较多，北方栽种极少，只有个别作为品种保留。

15. 花脸品种有何特点?

花脸是诸多花脸君子兰的统称，其实它并不是指一个品种。

一个君子兰品种或植株，凡叶脉与叶肉构成强烈色差的均称花脸，具体的名称可由个体的性状而定。如叶片有强烈色差，性状符合和尚标准，即可称花脸和尚，其他依此类推。如花脸短叶，性状符合短叶标准，但叶片却有强烈色差。

君子兰叶色的色差，取决于诸多因素，如自身的内在因素（遗传基因）和莳养条件、所采用的技术方法。凡由内在基因起主导作用的花脸，其性状较稳定，即叶片色差与季节变化、莳养条件、技法关系不大；而那些由莳养条件、技法与外界条件起主导作用的花脸，则因性状不稳定，季节变化很大。冬春季叶片色差较好，夏秋季则色差消失；在温室色差较大，在窗台则无色差。这类花脸即为假花脸，尚须改良提纯，达到性状稳定，提高观赏价值。

70 年代用技师君子兰与和尚君子兰杂交选育成典型花脸君子兰——西瓜皮花脸君子兰。具有典型的技师与和尚的混和型叶形，兰质高，质地细腻，手感油润，亮度可达到漆亮照人，脉纹高凸粗壮，有强烈的色差。尤其兰质与色差遗传性较强，是花脸品系中较稳定的品种，因此人们对花脸这一系列产生了强烈的兴趣。

16. 雀兰有何特点？

雀兰是芽变选育的一个小型君子兰品种。

雀兰的主要特点是叶端有较长的急尖，形似雀嘴而得名。它株型矮小，叶片长 12～15 厘米，宽 8～9 厘米，改良后可达 12 厘米左右。叶薄且有色差，叶两侧伸并下曲，无明显叶柄，叶脉间距在小型兰中较宽，达 4 厘米以上。开花时见不到花箭。

雀兰的花箭极短，一般很难见到，能抽出花箭的植株极少。但它的花柄较长，所以能正常开花坐果产籽。因花箭在生长点上生出，故开花后无新叶再生，所以雀兰一生中只能开一次花，到开花后就没有多大利用价值了。这时的雀兰植株周围可长出很多腋芽（仔芽），可作繁殖之用。

雀兰生长1～2年后多数植株的叶片会出现皱褶，大大降低了观赏效果。

但雀兰也有一定的利用价值。它与大中型品种杂交，产生的杂种子代小型兰达20%～40%，尤其幼苗形态甚美，可作为杂交亲本，培育优良的小型兰。虽子代叶片后期会出现皱褶现象，但通过大中型亲本的多次回交可稳固其优良性状，培育出优良小型兰品种。

17. 短叶君子兰有哪些优良性状？

短叶君子兰是小胜利君子兰与染厂君子兰杂交选育出的一个君子兰优良品种。原始的短叶经过长时间的改良，到目前其形态与兰质都有很大的提高，可称得上是君子兰家族中的佼佼者。

原始短叶君子兰成兰叶片并不很短，经多次开花后，叶长可达40厘米以上，故有短叶不短之说，但因苗期至二年生其叶片均较短而得名。叶宽7.5～8.5厘米，个别可达9厘米以上。头形不宽阔，叶端无急尖，圆钝，单曲线构成。叶基有脖，叶片厚且有弹性，叶片颜色个体有差异，深浅都有，但很少有色差。

兰质稍差，叶脉凸起，脉管较粗，横纹平正，叶端脉纹横竖交织密集，两对生叶侧斜立，叶端稍内收，有胜利的特点。叶间距分布均等，无叠压。

因叶片厚、有刚性，故不易被阳光拉斜。株型易保持整齐。座基楔形，花色多浅，瓣圆而小，雌蕊在花未开前先伸出花冠，花柄短，2～3.5厘米，花轴粗壮，不高。浆果圆球形，产籽量较低，但以亲缘远的作父本可大大提高产籽量。

短叶良种有短叶和尚、春城短叶、和尚短叶、花脸短叶等。经多年改良后的短叶良种，除具备短叶的基本特征外，叶片在长度上缩短了，很多在 25 厘米左右；叶宽也增宽了，可达 10 厘米以上。叶色深浅不一，个别的已稍有色差。

头（叶尖）形宽阔，呈等半径的圆形。叶脉高凸粗壮，叶缘脉纹纵横交织密集，横纹凸起呈米粒状，叶肉凹陷与叶脉构成深坑，称坑粗纹，是目前最佳的纹形。

叶基部有少许延长，即突然变宽。底叶两侧平伸，依次向上形成一扇面，叶间距均等，无叠压。花箭极粗壮，基本可达叶基的宽度，花柄极短，1～2.5 厘米，座基呈元宝形。

短叶君子兰良种，整株形态端庄挺拔，典雅别致，是君子兰各品系中的“阳春白雪”，也是培育君子兰良种最佳的父本。君子兰专家曾断言：任何品系不经短叶的改良是很难培育出优良品种的。由此可知，短叶君子兰良种，对培育君子兰优良品种有多大的作用。

但作为君子兰良种，短叶在兰质上还需提高色差，进一步提高质量，使短叶君子兰成为名符其实的君子兰佳品。

18. 日本君子兰有何特性？

日本君子兰是 80 年代末从日本引进的一个君子兰品种。日本君子兰虽说观赏性不很理想，但该品种对中国君子兰的改良却起到意想不到的积极作用，因此，得到君子兰爱好者的重视。

日本兰的特征与早期和尚有很多相似之处。叶片较宽，为 9～15 厘米，叶厚 0.20～0.22 厘米；叶片长 20～28 厘米，叶片的长、宽比约为 2∶1；株型稍小，叶呈弓形，底叶下垂；叶片对称，排列紧密。

叶色黑绿，厚而无弹性，肉板鞁质叶，叶端宽阔，尖端突出有急尖，双曲线构成，不易改造。稳纹，叶脉间距开花后多不等，横纹杂乱。

假鳞茎矮，株形紧凑，稳定性强，座基壮观，是较好的座形品种。耐热抗寒，可在38℃高温和0℃低温下生长，叶片不徒长。

花葶挺拔，直立，箭秆粗壮，花柄长。每个花序可开花16～30朵。花色橙红和鲜红，单朵花大，花径8厘米以上。橄榄形浆果，产籽量极高。

日本兰有着明显的缺点，主要表现在叶面粗糙，亮度较差，无光泽，叶片外缘有小刺，可用手摸到。脉纹不明或不够隆起，缺乏青筋黄地的花脸性状等，兰质极差。

日本君子兰抗逆性强，易莳养，耐热抗寒，做母本有很好的改良价值。

用日本君子兰同原有的国兰系列中的圆头和尚、短叶圆头、花脸和尚等进行人工杂交授粉，经过长期的选育和稳定性栽培，最后产生了许多优良品种。如横兰就是用日本君子兰做母本、短叶圆头做父本杂交培育而成；鞍山兰是用日本君子兰做母本、圆头短叶和尚做父本杂交培育而成的。

日本兰的引进并用国兰杂交培育，对中国君子兰的发展，产生了巨大的影响。就植株性状而言，是一次“质”的变革，使中国现代莳养的君子兰由大株型变成中小株型；由长窄叶变成短宽叶；由不耐高温变成了耐高温，稳定性强等，向着理想的植株性状方向发展。

育苗技术

19. 君子兰繁殖方法有几种?

君子兰繁殖方法主要有分株繁殖、播种繁殖和组织繁殖三种。目前最常用的是播种繁殖。

(1) 分株繁殖

这是利用君子兰叶腋中长出的腋芽进行繁殖。君子兰根颈周围容易生分蘖,俗称脚芽,将脚芽从母株中分离出来,栽后成活率高。

分株繁殖每3~5年才能进行一次。一株适龄母株仅能分出有限的次生君子兰,且常因换盆和分株不当伤及根颈,根颈伤口愈合缓慢,需要很长时间才能恢复正常生长和开花。所以,这种方法效率低,无法满足市场的需求。

但带根的幼苗培育1~2年即可开花,大大地缩短了开花年限(播种4~5年才能开花),有效地提高了观赏效果。而且遗传性稳定,容易保持品种特性。

(2) 播种繁殖

君子兰用种子繁殖,常因自花授粉不良不易结籽。因此,君子兰播种繁殖需进行人工授粉,方能结出种子。待种子成熟后,点播在用细沙或细锯末作基质的苗床或花盆中。

播种繁殖开花期比分株苗迟,一般4~5年才能开花,最快也要3~4年方能开花,也有拖到5~6年才开花的。但播种繁殖育苗数量多，有的植株一次就可结出种子三四百粒，且可培育杂交新品种。

（3）组织繁殖

组织繁殖是把植物体的组织或一团细胞，放在培养基上培植，而生出大量的新个体出来。可用这种方法繁殖品种优良的花卉。组织繁殖是现代最先进的花卉植物繁殖技术，近年来我国不少花卉工作者，已开始用这种方法繁殖出君子兰、香石竹、兰花、菊花等名贵花卉的优良品种花苗。

组织繁殖的新植株带有亲本的全部优良特性，尤其在花卉植物的快速繁殖方面显示出许多优越性。组织繁殖优点还表现在繁殖工厂化、成本低等方面。当我国君子兰组织繁殖工厂化时，家养君子兰的优良品种来源就不会那么困难了。

20. 怎样用分株法繁殖君子兰？

当君子兰母株长出腋芽（脚芽、蘖芽）时，用手分法和刀切法进行分株。君子兰从根茎处萌生腋芽，一般应使子芽在母株上生长一定时间，待其有数条根时再分株。分株一般于4～5月母株花谢后，或9～10月天气凉爽时结合换盆进行。夏季容易腐烂，不宜分株。

（1）手分法

当子株长出2～3片叶时，就可用手分法进行分株，因这时子株较小，易从母株上掰下来。

①分株时将君子兰从花盆中磕出，轻轻去掉宿土，露出根系和子芽，使子芽充分裸露后，方可掰芽。

②看清子芽在母体上着生的位置，左手握住鳞茎处，右手捏住子株的基部，轻轻一掰，即可把子株掰下来（图4）。

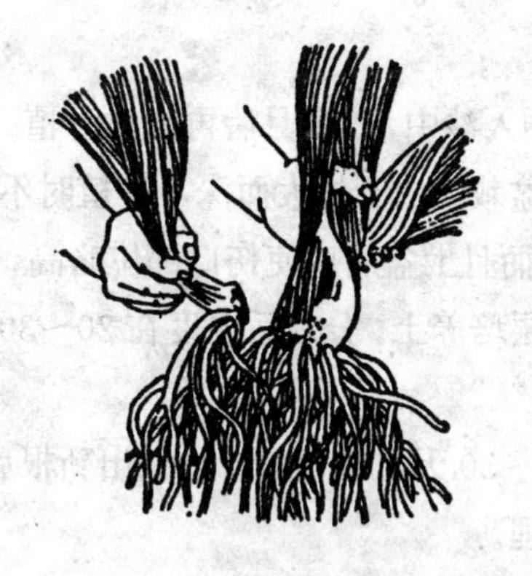

图4 君子兰分株法

③将掰下的子芽栽于另一个小盆内，培养土一般不施基肥。种植时，伤口附近用素沙土，有利于成活。

④分株时，最好3～5苗为一丛，且每丛中有一苗具4～5个叶片。这样分株后，恢复容易，生长迅速，经两年后便可开花。但当分株苗恢复生长后，则要尽早分株定植。

⑤若分离母株后的腋芽还没有幼根，应把它先扦插在湿沙里培养根系，使沙底温度维持在25℃左右，并要注意保持空气湿润，即在周围地面常喷水。经20～30天可以产生新根，此时再行盆栽培养。

（2）切割法

当母株上的腋芽长到15厘米以上，或母株上腋芽长有6～7片叶，子株生长得过大，不能用手分时，可用切割法进行分株。

①分株时每株必须带有一定数量的根，将枯死腐烂的根剪除。分株时和手分法相似，一手捏住母株，另一手握住子株，用锐刀从母株结合处切开，勿伤根部。

②为预防伤口腐烂和组织液流出太多，影响生长，切割后应用细炉渣或木炭粉或石灰面涂抹伤口，使其迅速干燥，防止水分

蒸发和病菌侵染。

③稍晾干伤口后，将子株插入沙中，一个月后再上盆种植；亦可将分株用不加基肥的培育土盆栽。由于根大而深，种植时不宜过浅，需种实压紧，浇水至透。而且上盆后应使伤口部位略高，经10～15天伤口愈合后，再加一层培养土。分栽后温度在20～30℃时最宜生长。

④分栽后不能浇肥，经20～30天，伤口愈合，长出新根后，才能施肥。这时可转入正常管理。

（3）鳞茎繁殖法

年龄较老的君子兰，鳞茎过长或生长点受到破坏，鳞茎尚完好的情况下，可采取鳞茎分割的方法，将鳞茎切断，将上部茎段插入基质中。老桩和扦插部分的腋芽均可萌发。待大小适中时切下腋芽进行繁殖。

21. 怎样用播种法繁殖君子兰？

君子兰播种法繁殖虽然程序比较复杂，但繁殖数量大，育苗数量大。而且杂交种易发生变异，可从中选出新的优良品种。

（1）种子选择

君子兰的果实经过9个月的生长变化，才能成熟。如果实由绿色变为赭红或红色，用手轻捏，果实坚硬，并发出沙沙声，表明种子已经成熟。这时可将果实采下，剥出种子，进行选种。把生长丰满、晶晶有光的好种子选出来；将没有种孔或种孔模糊，或生育期不足7个月的种子去掉。

（2）种子处理

经验证明，烂种的一个重要原因是种子或育苗用的河沙消毒不良。为此，种子剥出后要用干净的纱布包好，阴干2～3天；河沙（高粱米大小为好），煮沸 20 分钟，或用锅炒一下，以清除病菌，亦可用福尔马林消毒。

（3）播种期确定

种子发芽的最低温度为 15℃左右。如温度太低，则种子萌发和出苗时间延长，消耗养分多，种子和胚根易腐烂；温度太高，虽能加快生根出叶速度，但幼苗纤细，生活力弱，且易徒长。适宜播种的最适温度为 20～25℃。在此温度范围内，出苗率高，幼苗生长较快而又健壮。

种子最好采下 2～3 天即播种。贮存时间过长，发芽率将显著降低。如不能及时播种，应将种子用塑料袋包好，置于 4～10℃的条件下保存。

根据君子兰种子发芽对温度的要求，可以确定适宜的播种时间。一般长江以南以 3～5 月或 9～10 月为宜。广东地区 9～12 月至翌年的 1～5 月均可播种，而以 2～3 月为最适。

（4）播种方法

①播种前，用温水浸种一昼夜。家庭繁殖，数量不多，宜用河沙育苗。浸种水温 40℃左右。

②将种子播在盛满河沙的花盆或木箱内。播种间距应在 2～3 厘米以上。

③下种后，覆盖一层 0.5～1 厘米河沙，只要看不到种子即可，不要用力压实。最重要的是将种子的种孔朝下（种孔，是一个针尖大的黑褐色点，稍微突出皮平面）。如果下种时将种子放反，幼芽常卷曲而不能出土，应把表土松开帮助它们伸直。

④播种后要用细喷壶浇透水，再用玻璃或塑料薄膜覆盖，以保持湿度。

⑤盆土温度，要经常保持在 20～25℃，不可过低或过高。正常情况下，40～45 天即可出苗，温度稍有不适，可延长到 2～3 个

月才出苗。60天左右可长出第一片真叶。

⑥正确掌握温度和湿度，是保证出苗的关键，千万不可粗心大意。浇水太多种子会霉烂，过干也不会发芽。

(5) 日常管理

①播种后20天即露出肉质胚根，这时可将覆土扒去一层，使种子部分露出沙面，30天后可使种子全部露出沙面，要让种子自然脱落。

②幼苗期的适宜温度是18～20℃，温度太高虽然生长迅速，但叶片既薄又长，呈现徒长状态。刚出苗时，要浇透水，当第二片叶子即将露头时，就要通过适当扣水，进行蹲苗。

③在小苗所带的种子没有干瘪之前不用施肥。当种子干瘪后，每周可施一次液肥（发酵水等），施肥后3～4小时需浇一次透水。

④一般播种后50～60天长出第一片叶子，80～90天即可分盆栽培。分盆的营养土可用30%河沙与70%腐叶土，或腐叶土5份、壤土2份、河沙2份、饼肥1份混合而成。pH值应为5.5～6.5。

22. 怎样让君子兰快速生根？

采用以下育苗方法能加快君子兰种子萌发速度，发根快，且可培育壮根，为发芽长叶奠定良好的基础。

(1) 选种

选择成熟度好、籽粒饱满的种子。

(2) 浸种

将种子放进30～35℃温水中浸泡5分钟。

(3) 发根

根据种子的数量，选用盘、碗或浅木箱。先将容器冲洗干净后，再用开水冲淋一次。稍晾后，把种子放入容器内，用 25～30℃温水淋种子后，将水沥干。将 3～5 层厚口罩布浸于 25～30℃的温水中，取出，用手将布攥至不滴水为宜，蒙在种子上。每天早晚各用温水投一次，保证种子湿润，但不可积水。

（4）温度管理

将盛种子的容器放在向阳窗台上（或暖气片上、暖气片上要加隔热的厚木板）保持温度在 25～30℃。一般 3～5 天即可发根（如温度控制在 28～32℃，1～2 天即可发根）。这样比用河沙培育可提早发根 10～15 天左右，而且出根率高。但一般没有烂种的情况。当见根约 1 毫米长时播种。

（5）播种

用浅木箱或浅花盆装入腐殖土或稻田土和细河沙掺拌的营养土（腐殖土或稻田土与河沙的比例为 1∶2）。然后把种子按间隔 2 厘米的距离插入土中。插之前用筷子或小棍先扎一个小坑，这样插种时可避免幼根受损。种子埋一半露一半。

（6）播后管理

播种后用细眼喷壶浇水，一次浇透。最后蒙上塑料薄膜，保持湿润的土壤和湿润的空间。此间的温度应保持在 20～25℃。温度高时可将塑料薄膜放开一条缝，这样根很快就会扎下去。由于是营养土，既有营养又舒松，根的发育令人满意。有了粗壮的根子就为发芽长叶打下了良好的基础。

除上述方法外，有条件的可用恒温箱快速发根。具体做法是：将种子放入 30～35℃的温水中浸泡 8 小时。水不要浸过种子，防止种子缺氧窒息。在浸种过程中应保持恒温，温差不要大于 2℃。经浸种后的种子，取出后用温水（30～35℃）轻轻冲洗后，用湿棉纱布，松松地包上，置放于 30～32℃的恒温箱里保持恒温，每天用温水冲洗 2 次，以防止微生物滋生。待萌发后陆续移入木屑盆。

23. 君子兰怎样进行木屑育苗？

木屑（锯末）通透性好，质轻疏松，含氧量高，是很好的君子兰播种育苗基质。木屑育苗具有材料易得、简单方便、效果良好、成活率高、出苗快、苗粗苗壮等优点。具体操作方法如下。

（1）木屑选择

选用硬杂木，以保证含水量不会过大。锯末应越粗越好，以保证良好的通透性。

（2）苗床

可选用花盆、木盆或木箱作播种苗床。育苗盆大小可根据种子数量决定，其原则是盆不宜过大。盆底透水孔加盖瓦后，将粗木屑放入盆中，用开水将木屑浇透。待冷却后，把木屑取出些（留覆盖用），把盆中余下的木屑用细竹拨均匀。

（3）播种

将饱满种子温水浸种后，在木屑温度不超过40℃时把种子均匀地放在锯末表面上，种子胚芽向下（播种较多时可不考虑胚芽的方向），种间稍留距离1～2毫米即可。把留出的木屑撒在种子上，不必太厚，能把种子盖上即可，轻轻压平，不要用力太大。

（4）浇水

用细孔喷壶在表层稍浇些温水（35℃左右），最好放在有底温的地方，以保证最佳温度。君子兰种子萌发最佳温度为25～30℃，低于这个温度萌发迟缓。头3天水稍大，但不可浇冷水。3天后应逐渐降低浇水量，并可检查种子萌发情况。如果种子成熟较好，萌发条件下，3天后可逐渐萌发，此时应严格控制浇水量，并保持锯末温度，控制含水量在35%左右。

（5）温度管理

待种子萌发达90%左右时，可把盆移在正常管理的温室条件下，其温度不应低于15℃。萌发后温度过高对种子是不利的，所以不要超过32℃。

（6）幼苗重栽

一般播种20天以后，幼苗会逐渐生出叶鞘。待50%左右叶鞘生出后，应把全部幼苗轻轻取出，重新插栽。幼苗重栽的目的是：去除无胚种子；再次疏松木屑；保证幼根直立向下以后不发生弯曲，为移苗时打下良好基础。

（7）移栽

经重新插栽的幼苗，很快会长出新叶。待子叶长到1厘米左右时，即可进行上盆移栽。

上盆培植

24. 栽培君子兰如何选盆？

常用的花盆种类很多。按材料来源不同分，有素烧盆（泥瓦盆）、紫砂盆、釉盆、瓷盆、石盆、水盆、水泥盆、塑料盆、玻璃盆、竹编盆等。按盆的高矮不同分，有高脚盆、低脚盆、浅盆等。按盆的形状不同分，有圆盆、方盆、梅花盆、六角盆、八角盆、签筒形等。按盆的直径大小分，有小盆（直径为12厘米以下）、中盆（12～30厘米）、大盆（35～50厘米）。

选择君子兰花盆时不仅要考虑大小，还要考虑君子兰与盆二者的协调性，即花盆的色调、高矮、形状应与君子兰植株相协调，才能形成整体之美。一般植株小的君子兰，最好选泥盆（素烧盆）。大中君子兰植株则选用紫砂盆或釉盆。为了美观，亦有人选用陶盆和磁盆。

（1）泥盆

泥盆又叫素烧盆、瓦盆，有红色、灰黑色等。它是君子兰栽培中常用的一种盆。这种盆价格低廉、通气透水性较好，很适合君子兰小苗的生长。植株小的君子兰用这种花盆培养，不但适用耐涝，能缓和肥效，而且吸热快，散热也快，有利于土壤中养分的分解，使君子兰小苗发根多，生长旺盛。

泥盆的缺点是质地粗糙，外形不够美观。在选择素烧盆时，要注意烧制的火候是否合适。凡是盆面稍有光泽，敲起来声音清脆的，就是质量较好的花盆。而敲起来声音发闷，色泽暗淡的，就是火候不到、没有烧透的花盆。这种花盆栽培君子兰，经不住肥、水的浸蚀，会很快酥裂，以致不能使用。

（2）紫砂盆

紫砂盆紫红色，上刻形态各异的花草，样式多种，色彩调和，古朴雅致，素雅大方，具古玩美感，十分逗人喜爱。它的排水通气性不及瓦盆，但比瓷盆、釉盆略好，价格也较贵。

紫砂盆品种繁多，形状各异，有方形、圆形、矩形、椭圆形、多边形、盘形、舟形、图案形、金钟形、烛台形、香炉形、签筒形以及象形雕塑等。紫砂盆的制作泥料也各有不同，主要泥料有红色的朱砂泥、紫色的紫泥和米黄色的团山泥。

由于烧制时温度的变化和采用了不同的制作工艺，紫砂盆有铁青、天青、猪肝、栗色、紫铜、海棠红、朱紫、水碧、沉香、葵黄、梨皮、青灰、墨绿、榴皮、漆黑等多种颜色，有的还加进一些金粉或银粉，从而显示出金光闪闪和银星点点，更加光彩夺目。

（3）瓷盆

瓷盆外形美观，色彩鲜艳，排水、通气稍差，价格较贵。家庭莳养君子兰，常搬进室内厅堂摆放观赏，不少人选用瓷盆栽培君子兰。如使用瓷盆，配制营养土时，应多用一点木屑，以增加通透性。

（4）塑料盆

这类花盆质地轻松，不易损坏，制作精巧，色彩鲜艳，外形非常美观，花色品种也较多。但它的缺点是不透气，排水性能差。一般一两叶的小苗可用12厘米左右的小塑料盆栽培。四五叶以上君子兰则不宜用。

25. 有哪些土壤适合作君子兰盆土？

君子兰具有粗壮而发达的肉质须根，喜富含腐殖质、疏松透气、排水良好、微酸性的土壤，忌粘土、碱性土和土壤积水。因此，要求土壤具备良好的团粒结构，疏松而又肥沃，排水和保水性能良好，富含大量腐殖质，酸碱度（pH 值）适合。适于栽培君子兰的土壤主要有以下几类。

（1）田园土

这是经过多年种菜或农作物的表土，由垃圾、落叶、厩肥、秸秆等经过堆制和高温发酵而成。最好是挖取或种过菜或豆科农作物的表层砂壤土。它们都具有相当高的肥力，并具有良好的团粒结构，是调制君子兰培养土的主要原料之一。但不能单独使用，干时表层容易板结，湿时通气透水性差。南方菜土稻田土的 pH 值多为 5.5～6.5，适于种植君子兰。

（2）塘泥土

在华南地区多挖掘鱼塘塘底的表土，很适宜作君子兰的培养土。它们呈灰黑色，含有大量营养和腐殖质。挖回后整块晒干，然后打成直径 1～1.5 厘米的小块，可用它们直接上盆栽植君子兰。虽经常年浇水，土块也不会松散，君子兰的须根还可扎入土块内吸收水、养分，土块之间的孔隙又利于通气和排水。塘泥土呈酸性反应。

（3）面沙土

面沙土又称河泥土，含有少量的河沙或粉沙，呈灰黄色，养分不如塘泥含量多。晒干打碎后，可用作调制君子兰培养土的材料。

（4）松针土

松针土又称针叶土。由松柏等针叶树的落叶残枝和苔藓类植物堆积腐烂而成，或从松树林中收集地下的松枝叶和土壤及苔藓堆积腐熟后过筛使用。它属强酸性土，不含石灰质，含较多腐殖质，使用时应加一点石灰，以降低酸度。

（5）高山土（山泥）

高山阔叶林下的腐叶土。疏松，透水、通气性好。属微酸性土壤，是培养君子兰的理想土。

（6）草皮土

从田野中挖取，加入一些粪肥、石灰堆积沤制，时间越长越好。这种土含有较多矿物质，pH 值约为 6.5～7.5。

（7）紫色土

华南山区常见的风化土，因风化时间不长，颗粒稍粗，赤褐色，故农村又叫红砂土。这种土透气性好，保湿性差，矿物质养分比较丰富，可直接用作君子兰栽培，亦可用作调制培养土。属微酸性土。

（8）堆肥土

冬春季从果园、菜地、田野铲来杂泥，加入畜禽粪便、煤炉灰等混合堆积，再浇些氨水、人粪尿和少量石灰或钙镁磷肥，促其发酵腐熟，晒干后即可使用。

（9）腐叶土

植物的枝叶经过微生物分解发酵后的物质。加入土壤能促使粘土疏松，砂土粘结。制法是将各种杂草、落叶、枯枝、绿肥、圈土、骨粉或过磷酸钙等层积于避风向阳处，上盖一层表土，经发酵沤制而成。肥力充足，腐殖质多，土质疏松，通气良好，营养元素较齐全，弱酸性反应。可直接用来栽培君子兰，亦可用作配制君子兰培养土。

（10）河沙

河沙的颗粒较粗，排水透气性能非常良好，但毫无肥力。是君子兰培养土的基础材料。

(11) 砻糠灰

稻壳烧后的灰，富含钾肥，掺入后使土壤疏松，中和酸性培养土。

(12) 锯屑

木屑经发酵分解后，掺入培养土中，也能改变土壤的松散度和吸水性。

(13) 苔藓

苔藓晒干后掺入培养土，可使土壤疏松，通水，透气良好。

26. 可否用锯屑作培养土？

城市找腐叶土很困难，而锯屑则较容易找到，利用锯屑代替营养土栽植君子兰，既可以充分利用废料，又可以收到良好效果。

君子兰根系是肥壮肉质根，用锯屑栽培后，生长特别良好。因锯屑疏松，通气十分良好，很适宜君子兰的根系生长。锯屑通透性好，就是多浇水也不会发生盆土过湿现象，因此，烂根现象一般很少发生。

栽植君子兰时可直接用新鲜的锯屑上盆，不必经过发酵腐熟。这是因为锯末不像其它有机质那样可以快速分解而产生大量的热能。它分解很慢，腐熟过程时间长，不会在盆内产生发热的现象，因而也不会灼伤根系。

用锯屑做培养土栽培君子兰，小苗可全用锯屑或 9 份锯屑拌 1 份河沙；大苗可用锯屑 8 份、园土 1 份、河沙 1 份，或锯屑 9 份、河沙或园土 1 份；开花苗可用锯屑 8.5 份、河沙 1 份、花生饼粉 0.5 份。

值得注意的是，利用锯屑栽培君子兰只能在一般泥瓦盆或泥盆中使用，如用木桶则会灼伤根系。

27. 君子兰培养土怎样消毒和配制？

君子兰盆栽时，由于花盆体积有限，植株生长期又长，因此一方面要求培养土有足够的营养物质，另一方面又要求培养土有良好的结构，大小孔隙配合适当，有一定的保水功能，又有良好的通气性。这就需要人工调制混合土壤，这种土壤被称为君子兰培养土。

（1）培养土消毒

君子兰爱好者一般都忽视培养土消毒这一简单而又重要的工作。殊不知，君子兰培养土常带有虫卵和病菌（如君子兰白绢病、软腐病均是土壤带菌的），致使栽培的君子兰很易染上病害，轻则造成植株生长不良，有碍观赏；重则根烂叶枯，甚至死亡，造成损失。

君子兰培养土常用的消毒法有炒晒消毒法、蒸煮消毒法、福尔马林消毒法和二硫化碳消毒法等。

①炒晒消毒法。君子兰播种基质多用河沙或细木屑。河沙一般带菌较少。河沙经清水洗净后，放在烈日下经2～3天的曝晒，完全可以达到杀菌的目的。亦可将河沙放进锅里翻炒杀菌，炒20分钟。

②蒸煮消毒法。把已配制好的培养土，放入适当的容器中，隔水在锅中蒸煮消毒。这种方法只限于小规模君子兰少量用土时应用。也可将蒸气通入土壤消毒，要求蒸气温度在100～120℃，消毒时间40～60分钟。这是最有效的消毒方法。

③福尔马林消毒法。在每立方米的培养土中，均匀撒上40％

的福尔马林400～500毫升，然后把土堆积，上盖塑料薄膜。经过48小时，福尔马林化为气体，消毒就完成了。然后去膜翻动土壤，散去药味即可。

④二硫化碳消毒法。先将培养土堆积成馒头形或长方形，然后在土堆的上方穿透几个孔穴，比例按每1立方米的培养土用3.5克左右的二硫化碳，注入后在孔穴开口处用草秆或薄膜等盖严密。经过48～72小时，除去草盖，摊开土堆，使二硫化碳全部散失。

（2）培养土的配制

君子兰培养土的配方主要有以下几种。

①菜园土40%，河沙40%，细木屑20%。适用于苗床播种用土。

②腐叶土40%，菜园土30%，河沙30%。适用于君子兰幼苗的培养土。

③塘坭30%，菜园土30%，河沙30%，堆肥土9%，过磷酸钙1%。适用于君子兰大苗。

④山坭30%，草皮土30%，河沙20%，砻糠灰10%，晒干过筛的鸡粪7%，饼粉3%。适用于换盆培养土。

⑤松针土30%，紫砂土30%，堆肥土30%，河沙10%。

⑥菜园土50%，腐叶土30%，河沙20%。

⑦堆肥土40%，菜园土40%，河沙20%。

⑧塘坭40%，草皮土30%，河沙30%。

⑨菜园土30%，堆肥土30%，草皮土20%，河沙20%。

28. 君子兰何时上盆最适宜？

君子兰上盆的适宜时间，不能一概定论。一般要根据君子兰幼苗的来源、幼苗生长情况，以及适宜根系生长季节等方面因素而定。

（1）分株苗

①腋芽有根。子芽如已长有须根，于3～4月分株后，即可栽植于花盆中。

②腋芽无根。无根系的腋芽分株后，不能立即上盆，要先将无根子芽插于河沙中，待一个月左右生根后，再上盆。

③大腋芽苗。超过20厘米高的大子芽苗，本身已形成完好的根系。分株后生长快，成活率高，是分株苗最理想的君子兰繁殖苗。

长江以南地区于3、4、5、9、10月份均可分株上盆。广东气候一般冬季也不会太低，故除炎热季节外，其余时间均可上盆培育。

（2）播种苗

春季上盆最好，这时气温逐渐上升，湿度适宜，栽后生根快，缓苗期短，生长迅速。此外，亦可于秋季上盆。

从种苗生出第一片真叶算起，生长10个月以上的幼苗就可上盆。就叶数而言，在3～4片叶以上即可上盆，但以8～10片叶为好。

（3）商品苗

君子兰苗一般价格较高，尤其品种优良的君子兰苗，价格更贵。因此，如从外地邮购的君子兰苗，最好不要立即上盆。

正确的做法是：

①打开邮包，小心取出君子兰幼苗。

②在阴凉地面上，摆一层刚从树上采下的新鲜枝叶。

③将君子兰苗按不同品种，有序地摆放在新鲜树枝叶上面，让君子兰先适应一下当地的气候环境条件，不浇水也不喷水。

④在新鲜树叶上摆放一天，第二天再上盆。

29. 君子兰盆土为什么不宜过细过干?

实践表明，盆栽君子兰的培养土，不宜过细过干。

（1）盆土不宜过细

君子兰盆栽的培养土切忌过细。一般君子兰盆栽用土是底层最粗，上层较细，中层中等。在操作时，有人往往容易将那些细如面粉的培养土集中在最上层，然后留出盆口浇水。这样，尽管浇不少次，还是不见水从盆底渗出，表面上的水也似乎不减。

如果这时你将盆土倒出会发现：中层土仍然是干的，如不及时补救的话，刚刚栽下的君子兰植株就会萎蔫甚至死亡。

君子兰盆栽用土上层虽要求较细，但不可过细，否则表层土极易板结，影响植株根部对水分的吸收。

君子兰盆土要求有粗有细。粗粒（直径在4～5毫米），应占30%左右；细粒（直径为1～2毫米），应占30%左右；中粒（直径为2～4毫米），应占40%左右。这样粗细培养土混合，才有利于君子兰根部的通风换气，促进君子兰植株的生长。

这里说的君子兰盆土的粗细大小要求，以及它们所占的比例，绝不是硬性的，目的是要求在实际的培养土配制中，配制的培养土切忌过细，而是要粗细搭配，才合乎君子兰根系的生长要求。

（2）盆土不宜过干。

君子兰培养土不能过干，最好是一抓成团，松手即散的土。

这一点又是君子兰爱好者容易忽略的。有的人总认为培养土干一点好配制，也没有多大关系，反正上盆后是要浇水的。殊不知培土过干，浇水后虽然见盆底渗水，表面土是湿的，实际上内部土大部分是干的。因为土干湿水慢，浇的水便顺空隙急流而下，这样栽下的君子兰幼苗，因得不到水分而影响成活。

君子兰上盆填好培养土后，不要用手用力下压，只要将盆磕一两下即可。浇水时用喷壶浇最好，一次即可浇透。

30. 君子兰怎样上盆？

将繁殖的或购买的君子兰苗种入花盆中的移植技术，叫做上盆。上盆是盆栽君子兰的第一步，上盆是否合理是君子兰以后生长发育成败的关键。具体操作如下。

(1) 挖掘幼苗

君子兰肉质根粗壮发达，但很肥嫩，易折断及碰伤，故挖苗时要特别小心，要轻挖慢掘，以防伤根。幼苗可带土亦可不带土，只要保持完好根系就容易栽活。挖掘君子兰幼苗，不能用掘苗铲。掘苗铲起苗虽然速度快，且能带土，但却很容易断根，不适合君子兰起苗。

(2) 选好花盆

宜用深盆栽植，1～2年生幼苗，用口径10～12厘米的花盆为好。如幼苗较大或有数株实生苗，也可种在一个稍大的花盆中。

(3) 盆底垫物

盆底需填碎盆片（碎瓦片也可）和石砾等排水物。方法是：把花盆底部的洞眼，用一块花盆的碎片盖掉一半，再把另一块碎片，斜搭在上面，“盖而不堵，挡而不死”（图5）。这样，有利于通气排水，促进君子兰生长。

这里要提及的是，不能用一块瓦片将盆底洞眼全部盖死，这样会使洞眼失去作用，时间一长，很容易造成盆内积水，致使君子兰根部窒息、腐烂、死亡。

此外，亦可用碎石、粗砂垫2～3厘米，也可达到盆底部渗水、

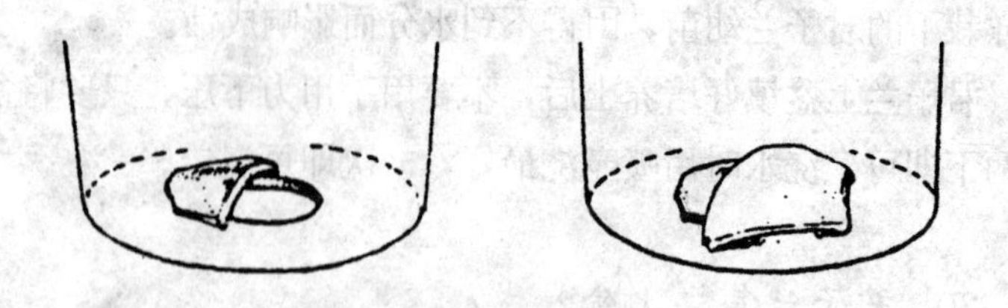

图 5　盆底洞眼的处理

透气、排水的目的。

(4) 植苗

栽种时，先理顺根系，然后将幼苗放在盆的中央，左手扶正，右手将培养土铲进花盆中。如果是不带土的幼苗，盆中央加进素土；若是大苗则可加较细培养土。每上一层土（5～6 厘米厚），将苗轻轻向上提一下，并碰磕一下花盆，这样可使根系舒畅，有利根系接触土壤。培养土不可加得太高，一般只需加到君子兰根基部就可。盆土的泥面应比盆口低 2 厘米左右，以利于浇水和施肥。种好后，不用压实，只要把盆土磕实 1～2 下即可。

君子兰上盆添土，看似简单，事实上添土也是一项技术。一盆泥土，应层次分明，盆底应是过滤层，接触根系的应是素土（小幼苗）或细土（大苗），最上层应是粒稍粗的培养土（图 6）。若是把最细的放在盆上面，这对透水和通气都不好。

这样看来，一盆泥土就像荒山上的岩层一样，它的形成有先后顺序，有纹路水脉之分，即一小盆泥土，如上得好的话，就形成了一个盆中生态系统。对上盆者来说，应懂得这个道理，才能把君子兰栽好。

(5) 植后管理

栽后立即浇透水，以后保持盆土湿润即可。5～7 天内可不用浇水。将盆置于阴凉通风处，7～10 天后可置阳台培养。春秋季上

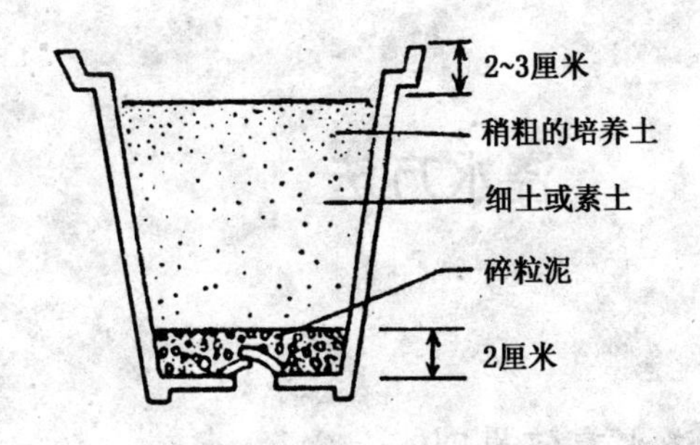

图6　花盆的剖面

盆的幼苗，天气凉爽，应罩上塑料袋薄膜保温保湿，有助生根成活。15～20天可施薄肥，照常管理。

浇水方法

31. 君子兰浇水有何原则?

浇水对君子兰爱好者来说，是一个极普通而又极重要的栽培环节。君子兰的叶片长大、肥厚，蒸发量大，需要较多的水分供应；但君子兰的根系是肉质根，本身就含有较多的水分，在土壤中不需要太多的水分，如土壤中的水分稍多一点，就会导致根部腐烂。也就是说，君子兰很需水，又怕水。由此可见，君子兰浇水一点也马虎不得。

(1) 看土壤浇水

通常可用手指轻弹盆壁，如发出浊音，即表示土壤潮湿，不需要浇水；而如果发出轻亮的声音则表示盆土已干，应该浇水。也可以看土壤的颜色浇水，当盆土呈灰色，发白时，即表示土壤已经干燥，需要浇水；土壤呈深色时，则不需浇水。

(2) 看天气浇水

气温高或大风时植株蒸发量大，应多浇水；气温低或阴天可少浇水；雨天则不再浇水。有时雨天多或雨水过大尚需遮盖，以免盆花过涝。

(3) 看苗浇水

新上盆，新换盆，新植的君子兰，大苗浇透水；小苗两三天后再浇。隔5～7天再浇。

(4) 看盆浇水

新盆干燥，吸水快，应多浇水；旧盆湿润，吸水不多，应少浇；瓦盆宜多浇，釉盆、紫砂盆宜少浇；大盆少浇，小盆勤浇。

（5）看时间浇水

最好在日出之前、日落之后，特别是日落之后效果好，炎夏更要注意这一点。下午浇水，气温低，蒸发量小，君子兰可以多吸收一些。中午浇水，由于温度的剧烈变化，容易引起根系伤害而生长不良。事实上，君子兰具体浇水时间只要根据具体情况，灵活掌握就行。

（6）看水温浇水

浇水时要求水温与气温基本相同；水温与气温相差太大（超过5℃），易伤害君子兰根系。为减少水温对君子兰根系伤害，最好先将水放在桶（缸）内晾晒数小时，待水温接近气温时再用。一般说来，适于浇君子兰的水温，冬季可比土温偏高几度，夏季可比土温偏低几度，春秋二季则与土温接近或相等最好，一般20℃左右为适宜。

32. 不同季节怎样给君子兰浇水？

不同的季节，气候截然不同，君子兰也处于不同的生长发育阶段，需水量不同，浇水量也不同。

（1）春季

春季气候渐转暖，但有时还会有寒流的影响。一般君子兰2～3天浇1次水，浇水时间在上午9～10时。天气干燥亦可叶面喷水。

（2）夏季

盛夏，君子兰生长迟缓。视天气情况，坚持每天浇1次水、一浇就浇透的原则。千万不要让水淌进叶心，以免发生烂心病。阴雨天不浇或少浇，雨后及时倒出盆内积水。

如气温高于30℃，久晴不雨，空气过于干燥，会强化君子兰叶面蒸腾，致使君子兰叶片的叶缘皱缩焦边，暗淡失色。因此，应注意保持较高的空气湿度，可常给叶面喷水和向地面泼水。这样既可降低气温，增大空气湿度，减少叶面蒸腾，促使叶片翠亮光洁，还可减少炎夏对盆土的浇水量次，有利于促进肉质根茎的茁壮成长，滋生新的小根，并可防止和减轻闷热环境中根腐病的发生和危害。

夏季天气晴热，每天可给君子兰喷2～3次水，确保君子兰安全度夏。夏季一般宜早晚浇水，中午切忌浇水。盆土则以偏干一些为好。

(3) 秋季

秋季天气逐渐转凉，浇水宜在上午9～10时进行，约2～3天浇一次水。盆土仍以保持稍干一点为宜。

君子兰周年四季都可给叶面喷水，它对空气湿度的要求是生长季节宜偏湿，休眠期宜偏干。秋季（春季基本相同）视气温和湿度的变化，每天或每隔几天喷一次水。水质以雨水较好（长江以南可用雪水），河水、自来水次之，井水最好不用。

(4) 冬季

冬季气温低，长江以南不少省份气候寒冷，一般君子兰处在休眠状态，需水不多，可5～7天浇一次水，于晴天中午进行。如室温低于10℃，较低的湿度对越冬防冻有利，故可不必多喷水，以确保安全越冬。

而在广东，气候则较温暖，除特殊年份外，一般冬季很少出现霜冻。气温一般均在5～10℃以上。故君子兰在广东很少休眠，冬季仍在继续生长，仍能长出新叶。虽然生长很慢，可3～5天浇一次水，以保持盆土稍干为原则，隔2～3天喷一次水，以增加空气湿度，有利于君子兰生长。

33. 君子兰用什么样的水好？

水有多种多样，诸如硬水、软水（雨水、雪水）、河水、池塘水、自来水、地下水（井水、矿水），以及磁性水等。可根据其各自特性及对君子兰的影响，有选择地灵活应用。

（1）硬水

水按照含盐类的多少分为硬水和软水。

硬水含盐类较多，长期用含有大量钙、镁类矿质盐的硬水浇君子兰，会使君子兰盆土碱化板结，通透性变差，引起君子兰植株叶片产生褐斑，影响观赏效果，或出现叶片干尖、退绿、黄化、脱落等中毒症状，严重影响植株的生长和开花，所以君子兰浇水最好不用硬水。

（2）软水

在软水中又以雨水（或雪水）最为理想。因为雨水是一种接近中性的水，不含矿物质，又有较多的空气（君子兰适宜pH值6.0～7.0)，因此，用雨水来浇君子兰十分适宜。如能长期使用雨水浇君子兰，有利于促进君子兰同化作用，延长栽培年限，提高观赏价值。因此雨季应设法多贮存些雨水留用。

长江流域以南有雪的地区，也可贮存雪水浇君子兰，效果也很好。但要注意需将冰雪融化后搁置到水温接近室温时方可使用。

（3）河水、池塘水

池塘水的来源主要是雨水。下雨时地面流水集中于池塘中，故池塘水含有较多的营养物质。如能长期用池塘水浇君子兰，可不用施肥料，君子兰都会长得健壮，叶色光亮，花大色艳。

河水虽来源较广，但也是以雨水为主，用来浇君子兰也是很好的。但河水不如池塘水。

（4）自来水

城市自来水由于经过消毒沉淀处理，硬度不高，所含杂质较少，虽然含有微量易挥发的氯醛类化学药剂，但对君子兰仍具有较高的安全可靠性。若能敞放几天待水中氯气挥发后再用更好。

（5）地下水

地下水（井水、地下矿水）一般硬度大，矿化度高，含有多种杂质，有时还含有较多的氯气，不宜直接用来浇君子兰。但如经过预贮和曝晒，使矿物质沉淀，含氯物质挥发，也是可以用来浇君子兰的。

（6）磁性水

近来有报道认为，给君子兰浇磁性水效果很好。水温接近土温，春秋雨季 20℃左右较为适宜。用磁性水浇君子兰，能促进植株的新陈代谢，使君子兰生长旺盛，叶绿花繁，而且对君子兰还有预防叶斑病的效果。

（7）生活废水

生活废水有洗衣水、洗碗水、洗菜水、洗脸水、茶叶水、淘米水、血污水等。有些人总是在这些废水里面大作文章，事实上是弊多利少。尤其是阳台栽花，还是干净卫生些好，最好做到不用废水浇君子兰。君子兰也不能使用含有肥皂或洗衣粉的洗衣水和含有油污的洗碗水，这些水有毒害作用。

34. 哪些浇水方法对君子兰有害？

君子兰浇水过多会“溺死”，供水不足则“渴死”，盛夏中午浇水则被“烧死”。因此，对君子兰浇水要认真对待。

（1）浇水过多，君子兰“溺死”

君子兰浇水过多，使盆土长期处于水分饱和状态，土中空气被水代替，这时外部空气也不能进入，因而造成土壤缺氧，根的呼吸作用受到阻碍，生理功能降低，根系吸水、吸肥能力受阻；同时由于土壤缺乏氧气，土中具有分解有机物功能的好气性细菌正常活动受阻，影响矿物质营养的供应，这时嫌气性细菌大量繁殖和活动，增加了土壤酸度；丁酸菌等大肆活动，产生了硫化氢、氨等一系列有毒物质，直接毒害根系；由于缺氧，君子兰植株大量地消耗了体内可溶性糖而过多地积累了酒精等，导致光合作用大降低，最后使君子兰因饥饿而死亡。因此，培育君子兰时浇水要注意适量。

(2) 浇水不足，君子兰“渴死”

水分供应不足，君子兰叶片会皱缩下垂，君子兰出现萎蔫现象。如果君子兰长期处于这种供水不足叶片萎蔫的状况，则较老的叶片和植株下部的叶片就会逐渐黄化而干枯，甚至整株枯死。因此，浇水应见干见湿，浇就浇透。

(3) 盛夏中午浇水，君子兰“烧死”

给君子兰浇水，水温应尽量与土温接近，水温过高、过低都会对君子兰根系造成不利影响。特别是盛夏中午，气温很高，君子兰叶面的温度可高达40℃左右，蒸腾作用强，同时水分蒸发也快，根系需要不断地吸收水分，补充叶面蒸腾的损失。如果此时浇冷水，虽然盆土中增加了水分，但由于土壤温度突然降低，根毛受到低温的刺激，就会立即阻碍水分的正常吸收。这时叶面气孔没有关闭，水分失去了供求的平衡，导致叶面细胞由紧张状态变成萎蔫，使植株产生“生理干旱”，叶片焦枯，严重时会引起全株死亡。为此，夏季君子兰浇水时间以早晨和傍晚为宜。

35. 外出前怎样给君子兰浇水？

君子兰爱好者，有时外出无人浇水。君子兰停 3～5 天不浇水可以，但时间长了怎么办？这里介绍几种切实可行的无人浇水方法。

（1）瓶罐滴水法

这也是一种较为先进的方法。取一只盐水瓶（其他能盛水的瓶或罐均可）和一根输液管，采用如同挂盐水输液那样的滴管装置，将水滴入根颈部，再渗透扩散至土中被君子兰植株吸收。只是滴水量要根据君子兰植株大小加以调整。滴水法还有不破坏土壤结构、有利生长的优点。

（2）毛巾吸水法

将毛巾一端浸在一盆水中，另一端压在君子兰花盆底下，这样水分可徐徐浸湿盆底，使君子兰得到水分。

（3）棉线（布条）湿土法

这种方法与毛巾吸水法相似。取一扎棉线（根数多少，视需要而定，一般为 10～40 根），或一根 2 厘米宽的布条；一只盛水的桶或盆。棉线（布条）的一端浸在桶（盆）里，另一端放在君子兰盆土上面，这样水就可从棉线（布条）里慢慢地渗进盆土中，供君子兰植株吸收。

这种方法的优点是：一根（扎）棉线（布条）可以供几个甚至十几个君子兰花盆浇水，非常简单，十分方便。

（4）湿沙渗透法

对小盆的君子兰，可将其埋入大盆湿沙中，使沙中的水分不断地通过盆壁渗透到小盆里，以补充水分需要。

（5）底盆坐水法

对需水量较大的大君子兰植株，花盆又较大，可将君子兰大花盆坐在大浅水盘中，这样水分通过土壤不断地提供。

（6）盆底坐沙法

此法与底盆坐水法相似，只是将坐“水”改为坐“沙”。即取高6～8厘米容器，盛沙5～6厘米。然后将盆底坐进沙中3～4厘米，再将沙浇透水，水就会从盆底孔慢慢渗进盆中供君子兰根系吸收。

施肥技术

36. 君子兰需要哪些常用肥料?

君子兰需要的常用肥料有农家肥料和化学肥料两大类。

(1) 农家肥料

君子兰常用的农家肥料有饼肥、鸡鸽粪、堆肥等，这些均属有机肥料，具有肥效稳定、养分完全和可改良土壤等优点。

①饼肥。包括大豆饼、花生饼、芝麻饼、菜籽饼、棉籽饼等。饼肥含氮及有机质较多，磷、钾较少。一般含有机质75%～85%、氮3%～7%、磷1%～3%、钾1%～2%。饼肥多作基肥，它的浸出液可作追肥。

②堆肥。堆肥是以植物茎叶、垃圾为主，加入适量的家禽粪便、人尿和土堆积成的肥料，含有机质15%～25%、氮0.4%～0.5%、磷0.2%～0.3%、钾0.4%～0.7%。这种有机肥是迟效性肥料，需经充分腐熟后方可施用。多用作基肥。

③鸡鸽粪。鸡鸽粪是完全肥料，含有机质25%～30%、氮1.6%～1.8%、磷1.5%～1.8%、钾0.8%～1.0%。是君子兰的良好肥源。鸡鸽粪需经晒干、过筛，并经堆沤充分腐熟后方可施用。一般于换盆时，拌入盆土作基肥。作为液肥施用，应先加水10倍发酵腐熟，使用时需加水稀释后施用。

④人尿。这是一种以含氮为主的完全肥料，含有机质3%左右、氮0.50%、磷0.13%、钾0.19%，还含有各种微量元素、生

长素等。施用前必须加盖腐熟后加水4～5倍施用（腐熟时间夏季5～7天，冬季10～12天）。一般用作追肥，亦可作根外追肥，浓度为2%～3%。

⑤家畜蹄、角。猪、牛、羊的蹄、角是迟效性有机肥，氮、磷、钾的含量相当多，并含有一定的微量元素，其肥效稳定。栽培君子兰时可将它们直接放在培养土的下面和四周作基肥。1次施用后在一年当中可不用追肥或减少追肥次数，为君子兰盆栽管理带来极大方便；也可将它们放入缸内加10倍水浸泡，经过1个月的沤制，待臭味散发后，取肥液，加5～8倍清水稀释后，用来作君子兰的追肥，效果很好。

（2）化学肥料

君子兰常用的化学肥料有氮肥、磷肥、钾肥、复合肥料和微量元素等。

①氮肥。常用的氮肥有尿素、硫酸铵等。以尿素最好，安全、效高。视盆及植株大小，每盆每次施2～4克，用竹签在盆边挖3～4厘米深的穴施下，然后盖土。亦可对水成0.1%施用。

②磷肥。君子兰常用磷肥有过磷酸钙、钙镁磷肥及骨粉等。磷肥主要用作基肥和追肥。可促进君子兰根系下扎，提高吸水吸肥能力，促进开花。

③钾肥。钾肥主要有硫酸钾、草木灰等。钾肥通常拌入培养土中作基肥，亦可作追肥。

④复合肥料。复合肥料含有氮、磷、钾等营养元素中两种或两种以上成分的肥料，如硝酸钾、磷酸一铵、磷酸二铵、磷酸二氢钾等（二元复混肥料），及氮磷钾1号、氮磷钾2号（三元复混肥料）。复合肥可用作基肥，也可作追肥。磷酸二氢钾多用作君子兰花期的根外追肥，喷施浓度为0.1%～0.2%。

⑤微量元素肥料。含有硼、锰、铜、锌、钼等元素之一的肥

料为微量元素肥料，如硼砂、硫酸锰、硫酸铜、硫酸锌、钼酸铵等。微量元素肥料多用作追肥，使用浓度为0.1%～0.3%，切忌浓度过高，以防产生毒害；亦可与大量元素肥料配合使用。

37. 怎样给君子兰施基肥？

君子兰是多年生宿根草本花卉，根粗叶大，需肥量较大，是喜肥花卉，而君子兰一般2～3年才换盆一次，因此施好基肥对君子兰显得十分重要。

（1）基肥种类

君子兰常用基肥有堆肥、饼肥、鸡鸽粪、蹄角肥、过磷酸钙、钙镁磷肥、骨粉等。

（2）新栽或换土时施基肥

新栽或翻盆上土时，可选用以下配方，将培养土与基肥混拌。

①园土40%，堆肥20%，河沙20%，塘泥10%，鸡鸽粪10%。

②园土40%，草皮土30%，河沙20%，饼肥7%，过磷酸钙3%。

③腐叶土40%，园土20%，河沙20%，鸡鸽粪8%，锯屑7%，复合肥3%，骨粉2%。

（3）生长期施基肥

君子兰生长期施用基肥时，则要先扒开盆土后，再把基肥施入穴中，然后将土覆盖。挖穴深度一般为4～5厘米。

生长期可施用的基肥有：饼肥、鸡鸽粪、过磷酸钙、复合肥等。

①饼肥、鸡鸽粪、复合肥。饼肥及鸡鸽粪一般于春季或秋季施用，生长期不同，施用量也有区别。鸡鸽粪施用前应先晒干粉碎后使用。君子兰叶片3～6叶时，每盆可施饼肥或鸡鸽粪肥10～

15克、复合肥3～5克，可单独施下，也可混合施用（下同）；7～10片叶时，每盆可施鸡鸽粪或饼肥15～20克、复合肥5～8克；11～15片叶时，每盆施饼肥或鸡鸽粪20～25克、复合肥8～12克；16～20片叶时，每盆可施饼肥或鸡鸽粪25～30克、复合肥15～20克。这时君子兰已进入开花阶段，每盆可加施蹄片25～30克或骨粉15～20克。

②过磷酸钙。过磷酸钙是速效磷肥，一年施用一次即可，于每年的春季施下。每盆施用量10～20克。前期幼苗可少施，后期大苗可多施一点。君子兰进入开花期一年可施2次。第一次于7～8月施下，可促进君子兰的花芽分化，早开花，多开花；第二次于10～11月施下，可促进开花和结出饱满种子，每盆施用量为20～30克。

（4）施用基肥时注意事项

①君子兰施基肥，用量要合理，切忌用量过大，否则，会伤根烧苗，造成损失。

②为防止伤根，除基肥要充分腐熟外，新栽君子兰可用菜园土围住根系后再填进培养土，进行护根栽培。

③生长期施基肥不能施在根蔸下，基肥施下后立即浇水，以后则保持盆土湿润即可。

38. 怎样给君子兰施追肥？

君子兰喜肥，但施肥过量会造成烂根。因此，科学、合理地施肥显得十分重要。

可作君子兰追肥的常用肥料有：尿素、硫酸铵、过磷酸钙、硫酸钾、草木灰、饼肥水、矾肥水等。磷酸二氢钾及微肥多作叶面施肥。

君子兰追肥的施用，宜采取“薄肥多施”的方法，切忌施入浓肥和生肥。追肥的施用可根据不同季节或君子兰不同生长阶段或君子兰叶片数而定。

（1）根据不同季节施肥

①在春秋生长期，每15～20天施一次，施入以氮为主的薄肥，促使叶片生长。尿素或硫酸铵可干施，每盆施用量为0.5～1克或1～2克；亦可施尿素液或硫酸铵液，浓度为0.1%～0.2%或0.2%～0.3%。干施挖穴深度为2厘米左右，施肥后立即浇少量水。

②5～6月追施腐熟的饼肥液或稀薄矾肥水，半月浇一次。

③7～8月气候炎热，君子兰生长迟缓，停止施肥。在炎热多雨季节施肥会引起君子兰根部腐烂。

④冬季气温低，君子兰生长慢，或进入半休眠状态，可不施肥或少施肥。

（2）根据君子兰苗生长阶段施用

①苗期可施饼肥浸出液。取花生饼500克、人尿5千克，密封浸泡1个月。取其上清液加水稀释20～40倍施用。小苗以水和1/40肥的比例较好；大中苗以水和1/20肥的比例较好。施肥液后，应及时浇一次水，但水量不可过大，这样一方面可促进肥料的溶解，另一方面可将新长出的肉质根冲洗一下，以防伤害新根。

②开花前2～3月，每周应施一次以磷肥为主的薄肥，助长花蕾。可施过磷酸钙液，浓度为0.2%～0.3%。

③开始抽箭前，最好喷施两次磷酸二氢钾。每隔7天喷1次，浓度为0.1%～0.2%，以防止出现叶里藏花现象。

（3）根据君子兰叶片数施用

施用量以施用饼肥液为例：

①1～5叶苗，水和肥比例为1/50。

②5～10 片叶苗，水和肥比例为 1/40。

③10～15 片叶苗，水和肥比例为 1/30 较好。

④15～20 片叶苗，以及君子兰 20 片叶以上苗，水和肥比例为 1/20 较好。

(4) 施用追肥时注意事项

①施肥时间一般于清晨施为宜，冬天可在上午的 10～11 时施。

②施追肥应沿盆边浇入，切忌蔸边浇进。

③不要直接施到植株上，也避免溅到叶片上，更不要泼到花箭上。如不慎滴上，要立即冲洗，以防烂叶。

④不要在阴天给君子兰施肥，因为阴天叶片光合作用减弱，施肥后植株吸收缓慢，肥料集中在根系周围，易使君子兰烂根。

39. 怎样给君子兰施叶面肥？

叶面施肥又叫根外施肥。叶面施肥具有用肥少、操作简便、见效快等优点。

一般说君子兰整个生长期都可进行叶面追肥，但叶面施肥是君子兰营养不足的辅助性措施，因此，只有在君子兰旺盛生长期急需肥料、开花期需补充肥料、根系受伤或君子兰生长后期根系吸肥力弱等情况下，进行叶面施肥才能收到最好效果，这时也是最适喷肥时期。

(1) 君子兰常用叶面肥

①尿素。喷施后，君子兰叶面能够保持较长时间的湿润状态，吸收率高。君子兰幼苗期喷施能促幼苗茁壮生长，叶色光亮；君子兰后期喷施，可防止早衰。

②过磷酸钙。君子兰生长后期，根部吸收养分的能力减弱时

喷施，能弥补根部吸收磷素的不足，使君子兰植株“返老还童”。

③磷酸二氢钾。从君子兰花芽分化开始至现蕾为止，喷施2～3次，不仅有利于花芽分化，而且能使花朵硕大，花色鲜艳。

④草木灰浸液。0.1千克草木灰，对水2千克，浸泡1天，待澄清后用浸液喷施。在花蕾期、开花期、结籽期各喷1次，可延长赏花期，提高结籽率，且籽粒饱满。但应避免喷到花序和心叶上。

⑤微量元素。应有选择地施用。

硼：硼是促进开花的重要微量元素，它能促进碳水化合物运输。在现蕾期如能喷几次硼酸水溶液，可增加花朵的数量和提高质量，使君子兰花开得硕大而艳丽。

硫酸锌：君子兰幼苗期，当叶片在阳光下退绿变为黄白色，植株生长缓慢、矮小时，喷施锌肥效果十分显著。

⑥米醋。除含醋酸外，还含多种氨基酸、糖分、甘油醛类化合物和多种盐类。在君子兰生长期，开花前一月和孕蕾期多次喷施，能增加叶绿素，提高光合作用能力，促进新陈代谢，使君子兰叶大亮绿，花色鲜美。

(2) 叶面肥适宜浓度

营养物质进入叶面的速度和数量因叶面肥浓度不同而不同。浓度过小，效果不明显；浓度过大，伤害叶面。一般君子兰叶面肥适用浓度为：尿素0.1%～0.2%；过磷酸钙0.2%～0.3%；磷酸二氢钾0.1%～0.2%；硼砂0.05%～0.1%；硫酸锌0.05%～0.1%；米醋1%～2%；复合肥0.5%～1%；硫酸亚铁0.05%～0.1%。初次试用，以稀薄为好。

(3) 叶面喷肥适宜时间

一般说肥料溶液在叶面上保持的时间长，吸收量就大。因此，在阳光下或刮风下雨时不宜喷施，以无风的早晚或阴天，气温在

20℃左右喷施为好。低于此温度，叶面气孔缩小，肥料不易吸收。喷后如遇雨淋，则需补喷。

（4）叶面喷肥注意事项

①如在溶液中加入0.2%的中性皂或洗衣粉，可使溶液的附着力增强，延长附着时间，有利于叶片对肥料的吸收，提高喷肥效果。

②喷肥时，叶子两面应均匀喷到，效果最佳。喷肥力求雾粒细微，以利均匀密布；喷至叶片全部润湿，肥液欲滴而不下落为宜。

③喷施的浓度不能过大，严格按要求浓度喷施，否则会烧伤叶面，影响观赏，造成损失。

④叶面施肥是一种应急性辅助施肥手段，不能代替土壤施肥，必须注意施足基肥，及时追肥，才能满足君子兰对养分的需求。

⑤君子兰正在开花时不要喷施，以防肥害，切忌将肥液喷到花序及心叶上。

⑥叶面施肥时，可在肥液中加入少量杀菌剂，这样有一举两得之效。

40. 君子兰营养元素缺乏如何矫正？

君子兰在生长发育过程中，需要各种营养元素，但其功能各不相同，如果某种营养元素缺乏，就会引起君子兰生理机能的紊乱，导致君子兰植株出现症状，影响叶色和花姿，甚至使植株衰弱以至死亡，造成损失。

（1）缺氮

君子兰植株先自下部老叶均匀黄化，而后延至心叶，叶片变薄变狭，出叶慢，最后全株叶色黄绿，根系发育不良，不能开花。

矫正方法：

①速施氮肥。用0.05%～0.1%尿素液浇施。

②补施基肥。用已腐熟的饼肥，每盆挖穴施10～15克。

③喷叶面肥。追肥和叶面喷施可错开轮流进行，隔5～7天施1次。

（2）缺磷

当君子兰缺磷时，叶片转为暗绿色，植株下部叶片的叶脉间变黄，并呈现紫色，叶片细薄，开花少。

矫正方法：

①追施过磷酸钙液，浓度为0.5%～1%，每7天施一次，连施2～3次。

②每盆穴施过磷酸钙3～5克。

（3）缺钾

缺钾时，君子兰老叶开始出现黄、棕、紫等色斑，叶尖焦枯向下卷曲，叶子由边沿向中心变黄，但叶脉仍为绿色，叶缘向上或向下卷曲并渐枯萎，花变小。

矫正方法：

①叶面喷施硫酸钾，溶液浓度为0.3%～0.5%，连喷2～3次。

②施草木灰浸出液，一个星期1次，连施2～3次。

（4）缺铁

君子兰从新叶开始叶脉间变黄(黄白化)，但叶脉仍保持绿色，叶尖、叶缘变成褐色并且干枯。当缺铁严重时，此种症状会扩展到大部分叶面，叶缘枯焦。

矫正方法：

及时进行叶面喷洒0.1%～0.2%的硫酸亚铁溶液，每隔10天左右喷1次，连喷2～3次。

（5）缺锌

一般表现君子兰植株矮小，新叶缺绿，叶脉绿色，叶肉黄色，叶片狭小。

矫正方法：

①用 0.05%～0.1%的硫酸锌溶液进行叶面喷洒。

②每盆用硫酸锌 0.5～1 克与适量的腐熟饼肥混合追施，均有较好效果。

（6）缺镁

君子兰植株先从老叶的叶缘两侧开始向内黄化，随着缺镁程度的加剧，叶片呈黄色条斑，根群少，叶短而狭，花小色淡，植株生长受到抑制。

矫正方法：

①叶片喷洒 0.1%～0.2%的硫酸镁溶液 2～3 次。

②每盆施钙镁磷肥 2～3 克。

（7）缺锰

君子兰叶片失绿，出现杂色斑点；但叶脉仍为绿色，花的色泽低劣。

矫正方法：

用 0.05%～0.1%的硫酸锰溶液进行叶面喷洒。为了防止药害，可加入 0.2%的生石灰制成的混合液喷雾。

（8）缺硫

君子兰缺硫一般多为幼叶先呈黄绿色（不像缺氮那样通常是老叶先变黄），植株矮小，生长缓慢，君子兰发育受到抑制。

矫正方法：

每盆施硫磺 0.5～1 克。

（9）缺铜

君子兰植株缺铜，叶片失绿，从叶尖开始出现白色斑点，植株停止生长。

矫正方法：

叶面喷施0.01%～0.02%的硫酸铜溶液。喷施时可在溶液中加少量熟石灰（0.1%～0.15%），以防药害。

（10）缺钙

君子兰缺钙时，心叶易受损害，叶尖、叶缘枯死，叶尖常呈钩状，根系坏死，严重时则全株枯死。

矫正方法：

可用0.1%～0.2%的石灰水溶液浇灌，每盆15～20毫升，连浇2～3次。

41. 阿斯匹林在君子兰中如何应用？

阿斯匹林又称乙酰水杨酸，是一种常见的解热镇痛药物。它在水中则水解生成水杨酸和醋酸。水杨酸具有抗菌及防腐作用，并能使植物气孔周围的唇形保卫细胞闭合，水分蒸发减少。而醋酸则能抑制植株体内呼吸过程中乙醇氧化酶的生物活性，从而使呼吸过程发生障碍，光合产物累积增多。植物专家还惊奇地发现，阿斯匹林中的水杨酸和醋酸等物质，能有效地保护植物中叶片不失水分，从而满足植物开花结果的需要，具有“健壮素”、“增产灵”的功效。

阿斯匹林具有价廉易得、使用方便、效果显著等优点。它在君子兰莳养中有多种用途。

（1）增强种子生命力

君子兰种子播种前用1%的阿斯匹林溶液浸种12～24小时，或拌种后闷2～4小时，能刺激君子兰种子萌发和促进君子兰幼苗根多苗壮，提早出苗3～5天，抗旱能力也明显增强。

（2）提高君子兰幼苗上盆成活率

①用0.03％～0.05％［（300～500）ppm］的阿斯匹林溶液浸泡君子兰幼苗的裸根5～10分钟，可提高幼苗的成活率。

②君子兰幼苗移栽时，用0.003％～0.005％［（30～50）ppm］的阿斯匹林溶液作定根水浇灌，以后按常规管理，成活率明显提高。

③君子兰分株苗没有根，栽植后用0.03％～0.05％的阿斯匹林溶液浇灌或叶面喷施，可防切口腐烂，而吸水和运输功能正常，蒸腾作用降低，促进新根生长，提高成活率。

（3）促进植株生长健壮

由于阿斯匹林水解产物能使君子兰异化过程发生障碍，从而使同化产物积累增多。因此，在君子兰生长过程中，使用0.03％～0.05％的溶液浇灌，能使君子兰生长健壮，叶绿光亮，花色艳丽。

（4）杀菌防腐促根生长

由于诸多原因常引起君子兰烂根（亦称烂根病）。可先将君子兰的根部清洗干净，并剪除烂根后重新栽种，然后用0.05％（500ppm）的阿斯匹林溶液浇根，可杀灭病菌，防止根部伤口腐烂，促进新根的生长。据记载，浇灌的比未浇灌的提早3～5天长出新根。

（5）提高植株抗旱能力

用0.05％的阿斯匹林溶液喷洒君子兰植株，能显著减少植株体内水分蒸发，提高君子兰抗旱能力。据试验，在干旱时，用0.05％～1％的阿斯匹林溶液浇土或叶面喷洒，也可减少因干旱引起的危害。甚至君子兰遇到干热风（干热风是指温度超过30℃、相对湿度低于30％、有三级以上风力的天气），如预先浇灌或喷洒了阿斯匹林溶液，就能够防止干热风的危害，使君子兰安然无恙。

(6) 能延长君子兰插花寿命

君子兰是花、叶、果兼美的观赏花卉。它的花期长，凋谢慢，一支花箭上的花朵一般可开一个多月，长的可达两个多月，所以被称为“鲜切花理想的素材”，因而插花人喜欢用君子兰花作插花材料。

由于阿斯匹林溶液具有防腐抗菌及抑制植物水分蒸发的作用，使用0.03%的溶液放进瓶子里进行君子兰插花，能延缓君子兰花凋谢枯萎时间，延长君子兰开花期，使君子兰花的保鲜时间延长7～10天以上。

阿斯匹林为何能延长插花寿命呢？最近，美国亚里桑那州立大学研究人员发现:原来阿斯匹林不仅对人体有良好的止痛作用，而且对植物也有类似止痛的作用。当君子兰花连同花梗被人从其母体植株上剪下后，切花无疑会感到伤口的“痛楚”。这一“痛楚”能通过花枝里的感应细胞传至花内，并促使切花体内产生一种酶。这种酶进而使花枝内大量产生一种名叫茉莉酸的化学物质。它能使切花很快凋零死亡。

在插花瓶里加少量阿斯匹林药粉后，阿斯匹林中的水杨酸能抑制切花伤口产生这种酶，从而预防产生茉莉酸。这就是阿斯匹林为何能够延长君子兰插花寿命的奥秘。

(7) 使用阿斯匹林时注意事项

①使用时以0.03克或0.05克的阿斯匹林片剂应用最为方便，效果也最理想，而复方制剂效果则略差。

②阿斯匹林仅微溶于水，易溶于乙醇，配制时须根据用量先用适量酒精将其溶解，然后再加水稀释至所用浓度。

③无论是叶喷或土灌，均应在晴天的早晚进行。若是土灌，尚需在土壤略干时进行，以便于吸收利用。

42. 如何自制君子兰肥料？

家养君子兰，肥料不外乎购买或自制。其实，日常生活中有许多东西都是君子兰生长的好肥料，可以自己沤制而成。自制肥料，原料来源广泛，制作方法简单，使用方便，效果明显。

(1) 制氮肥

已霉蛀变质不能食用的豆类、花生米、瓜子或豆饼、花生饼、菜籽饼、豆浆渣等都是很好的氮肥原料。其沤制方法是：

①取氮肥原料1千克，敲碎或磨碎。

②将碎料放进锅里，加2千克水煮烂。

③冷却后取出放进小口罐或塑料瓶里，再加进2千克水搅拌均匀，加盖密封发酵。

④发酵15～20天后，取表面清液使用，土施加水5倍，叶面喷施加水10倍。

⑤发酵氮肥液用完后，可继续加水发酵，可连续发酵2～3次，只是肥液一次比一次淡。

(2) 制磷肥

猪蹄、猪骨、鸡鸭鹅骨、鸡鸭鹅毛、鱼头、鱼骨、头发、蛋壳、虾蟹壳等，是沤制磷肥的好原料，均含有丰富的磷质。

①将原料切碎、捣碎，放进锅里加水煮沸5～10分钟杀灭细菌。

②放进小口罐或塑料瓶中，按1：3：0.1（原料：水：橘皮）比例加水和橘皮（柑橘皮晒干后粉碎）。

③密封发酵3～5个月可取出使用。土施对水15～20倍，叶面喷施对水30倍。

(3) 制微肥

取水1～1.5千克、饼肥100～150克，放于瓷容器内，把1个

2号电池去纸砸碎放入饼液中，再加2～3克黑矾（硫酸亚铁），封口放在室外向阳处，在阳光下曝晒发酵约1个月，取其上清液对水10倍追施。这种肥料含锌、锰、铁等多种微量元素，且呈微酸性反应，pH值约为5.8～6.7，很适合君子兰。

（4）长效有机肥

在一个塑料袋内放入0.5～1千克鲜鱼内脏、鳞片或鸡鸭等家禽的内脏，蔬菜叶，根或水果皮等，再拌入少许泥土，扎好袋口，在袋的侧面用小刀戳一个蚕豆大小的洞，然后把塑料袋放入盆底侧面（这是关键，目的是不让君子兰根很快从洞口伸到袋中去，以防烧苗）。君子兰定植后，按君子兰日常养护管理方法浇水即可。这样，一般10～20天就可看出肥料在发挥作用。这种方法，对喜肥的君子兰效果很好，且肥料不需经腐熟过程。一般这样施一次肥可保证6～8个月不需施肥。这种方法只适用于君子兰小苗换大盆时施用。

（5）自制肥料时注意事项

①自制君子兰肥料要尽量做到干净卫生。

②以冬季沤制为好（夏季沤制肥料易发出臭味），但时间应稍长些。

③取材时最好边取边做，保持材料新鲜，以避免材料存放太久而腐败变味。

④用饮料瓶和塑料瓶等小口瓶，这样密封性好，不易挥发出异味。

⑤加进的柑橘皮量要足，一般占10%。

43. 家庭制肥怎样除臭？

家养君子兰所用的肥料一般都是沤制的有机肥，但沤制有机肥时，常常散发出难闻的臭味，严重影响阳台和居室的环境卫生，十分令人讨厌和烦恼。那么，怎样制肥才不会有臭味呢？现介绍几种效果较好的除臭方法。

（1）冬季沤制

在每年的冬季（夏季气温高，有机物反应速度快，其反应所产生的臭味较浓，所以改在冬季沤制），将植物油饼或鱼杂剪碎，再加入经晒干后粉碎的橘子皮，一般 2.5 千克容器中至少要加 250 克干橘子皮。加水至容器口 5 厘米处即可。扎紧容器口，沤制一年时间到第二年再用。每年都如法制备，保证浇花时都可用到沤制一年以上的肥水。因有机物沤制时间越长，肥水中的异味就越淡。使用这种肥水浇君子兰，一般只在当时有轻微的异味，几乎没有臭味，大约一小时后异味就会挥发殆尽。

（2）用小口径容器

有些人惯用废旧的坛、罐、缸或桶来沤制有机肥，虽然加盖密封，由于口太大，不容易密封严实，有机物发酵产生的臭味很容易向外挥发，加之沤制肥料又多在气温较高的季节，肥料沤烂很快，产生的臭味浓，其臭味很容易集中地挥发出来。解决这一问题的方法是：改用口径较小而又容易盖严的塑料瓶，如可乐瓶、精炼油瓶、塑料油桶等沤制肥料，其发酵产生的臭味就不会溢出。

（3）添加除臭物质

①加木炭。将几块木炭放在已经加了水的有机肥中，经常摇晃盛肥的瓶子。这样，臭味就会被木炭吸附。在使用时就不会逸散到空气中。

②加橘子皮。把橘子皮（量要稍多一点）放到发酵好的有机肥水中浸泡 20～30 天，使用时不但没有臭味，还稍微带有橘子的香气。

③加过氧化氢。将 10 毫升 3%的过氧化氢溶液倒在 1 升已经

稀释的有机肥液中，混匀后放置3～5天。由于过氧化氢会破坏大部分带有臭味的物质，因此，在使用时就会使不愉快的感觉大大减轻。

以上几种除臭方法，可单独使用，也可结合使用。

44. 给君子兰施肥有哪些禁忌？

君子兰施肥技术的正确与否，直接关系到君子兰生长的好坏。实践证明，君子兰施肥有“八忌”。

（1）忌单纯施氮肥

君子兰施肥要把氮、磷、钾配合施用。最好以鸡鸽粪肥、饼肥、堆肥、骨粉、树叶、草木灰等农家肥为主。否则，单纯施氮素化肥，容易造成植株徒长，叶片长而薄，推迟或不会开花，花少色淡，降低观赏效果。

（2）忌土壤干旱施浓肥

在久未浇水、盆土干旱含水量低情况下，施浓肥刺激性大，能使新根萎缩，发生烂根；同时土壤干旱时施浓肥，会使君子兰叶片生理失水而枯萎，甚至植株枯死。

（3）忌盆土表层施肥

把肥料施在盆土表层，不但肥分容易挥发损失，而且会烧伤苗根，尤其高温干燥天气，挥发更快，伤根更重。因此，应在距根蔸适当处挖穴施肥，施后立即覆土，以防肥分损失。

（4）忌阴雨天施肥

阴雨天空气湿度大，土壤含水量高，吸肥保肥能力差，此时施肥，肥料容易流失，尤其阴天肥料集中在根系周围，易使君子兰根腐烂。

（5）忌施不腐熟的农家肥

未经沤制或处理的不腐熟农家肥，含有很多病原菌、寄生虫卵和杂草种子等，施用后会造成污染和危害。尤其未腐熟的有机肥施用后，会在盆土内继续发酵分解，放出大量热能和有害气体，同时招来蝇虫并散发臭味，不仅会伤害根系，污染空气，还有碍君子兰的陈设和卫生；在浇水量过大的情况下，还会诱发盆土中一些废气性的微生物活动，分泌亚硝酸、亚硫酸、硫化氢等有毒物质毒害根系，使君子兰根系发黑腐烂。因此，农家肥使用前应经过高温（50～70℃）堆沤，以杀灭肥料中的病原菌、寄生虫卵和杂草种子。一般堆沤 2～3 个月，彻底酵解后，便可施用。

（6）忌施尿素后即浇过量水

尿素中所含氮素成分为酰胺，酰胺态氮素在土壤微生物分泌的脲酶作用下，转化为碳酸铵或碳酸氢铵后才能为君子兰根系吸收利用，或土壤吸附保存。一般为 3～5 天就可转化。如尿素施后马上过量淋水或遇到雨淋，酰胺态的氮素就会随水流去，其损失程度比硝酸铵要大。所以，施用尿素后，应让其转化完毕后再浇水，或浇少量水，以免造成损失。

（7）忌根蔸下施肥

随着君子兰植株的不断生长，其根系也相应逐步扩展，根蔸下施肥，反而会得不到充分吸收和利用。因此，要视君子兰植株生长情况，穴施在离根适当处，以利根系吸收。如栽培两年以上的君子兰，可沿盆边施下。

（8）忌强光下根外施肥

君子兰根外喷肥，不能在暴烈的阳光下进行，因为这时叶片为减少蒸腾气孔大多关闭，不能将肥液立即吸收，致使肥液内的水分很快被蒸发掉而失去肥效。

45. 如何合理使用植物激素？

植物激素，是指那些由植物体提取出来或人工合成的激素及类似激素作用的化合物。植物激素是植物生长发育过程中不可缺少的物质。在君子兰栽培中合理施用植物激素，可以促进君子兰萌芽生长，调节花期，提高花的品质，达到花大、色艳、提高观赏价值的目的。

(1) 促进发芽，根粗苗壮

君子兰种子较难发芽，在温度20℃左右时，需50～60天才发芽。如将刚采的种子用0.005%～0.01%［(50～100) ppm］赤霉素液浸泡12～24小时，则能促进发芽，提早发芽4～6天，且出苗快而整齐，根系发达，幼苗健壮。

(2) 诱导花葶早抽，花早色美

植物激素能促进君子兰花芽分化、提早开花。君子兰营养体成熟时用0.0005%～0.001%［(5～10) ppm］萘乙酸溶液喷洒心叶，或每一株用20～30毫升浇灌心叶，可诱导君子兰花葶提早抽出，提早开花5～7天，且花大色美。

(3) 调节花期，提前赏花

当君子兰花梗抽出0.5～1厘米时，以0.0001%～0.0003%［(1～3) ppm］的赤霉素液喷洒，可使开花时间提前10～15天，且花色艳丽。

(4) 促进腋芽生长，增加腋芽数。

君子兰叶片长到10叶以上时，用0.05%～0.1%［(500～1000) ppm］的B_9溶液，喷洒君子兰植株（基部要喷到），可促进君子兰的腋芽生长，增加腋芽数，且腋芽生长粗壮。

日常养护

46. 阳台小气候对君子兰有何影响?

阳台的朝向不同，小气候亦有很大的差异。要在阳台种植君子兰，必须首先对阳台小气候有所了解。只有掌握了阳台的小气候特点，才能因地制宜地栽好君子兰。

（1）阳台温度

以广东地区为例，8月份三层楼的南阳台10时30分至14时30分温度平均值为：水泥围栏外表面42℃，内表面36.2℃，各部位平均值为26.4℃，此时开阔地的气温仅有24.6℃，阳台平均气温比开阔地高1.8℃。不同朝向的阳台，温度亦有一定差异，如北向阳台的温度变化，界于南阳台和开阔地之间。

君子兰喜温暖凉爽气候，在温度18～25℃生长良好。故阳台上这个时候的高温对君子兰的生长是极不利的。

（2）阳台湿度

空气干燥是阳台的又一特点。8月份广东地区三层南阳台的平均湿度为61.8%，而地面平均湿度为78.6%，二者相差16.8%。

君子兰要求空气湿润环境，若阳台环境太干燥，即使有充足的水分，生长也会受到抑制。

（3）阳台光照

不同方向的阳台，一天中光照强度在不停地变化。南阳台在

12～15 时光照最强。8 月份广东地区三层阳台中部 120 厘米处测定，12 点半和 14 点半光照强度分别为 104000 勒克斯和 95000 勒克斯；10 点半和 16 点半则分别为 74400 勒克斯和 64400 勒克斯。

东向西向阳台只有半天直射光。夏日午后的强烈西晒，成为西阳台君子兰生长的不利因素。北阳台一般只有散射光，仅在日出后及日落前几小时有斜射弱光。

从光照强度看，夏季南阳台阳光太强，极不利君子兰的生长，而北阳台则较为阴凉，则对君子兰度夏极为有利。

(4) 阳台风速

随着住宅的增高，风越来越成为一个突出问题，强风加速蒸发，促使盆土干燥，增加管理困难；而且阳台越高，风速也随着增大，而强风则会吹折君子兰的长大叶片。

阳台种植君子兰，必须考虑以上因素。

47. 如何调节适宜君子兰生长的阳台环境？

君子兰对环境条件有“三喜三忌”：一喜温暖凉爽，忌严寒酷暑，在温度 15～25℃生长良好，5℃以下停止生长，0℃以下受冻害，30℃以上也不适于生长；二喜湿润的空气和良好通风，忌淋大雨或喷叶面水过量；三喜半阴，忌烈日直射。

根据君子兰对环境要求和阳台小气候特点，对不同阳台进行灵活调节，可收到令人满意的效果。

(1) 南阳台不移动栽培

南阳台栽培君子兰，如花盆不便于移动，常年固定在南阳台莳养，可采取如下调节方法。

①春秋两季阳台环境适宜，常规管理。

②6～9 月，直射阳光太强，要在阳台上搭建阴棚，可以起到

降温的作用。

如阳台有防盗网的，可栽葡萄或攀援花卉植物，通过修剪和缚扎使其很均匀地爬满防盗网上，这是最理想的遮阳物，既挡住了阳光直射，改善了阳台气候，又美化了阳台。

③6～9月，光照强烈，阳台温度增高，空气湿度降低。要多向花盆周围喷水。向花盆浇水只能满足根系的需要，而不能满足君子兰对空气湿度的要求。因此，用环境洒水和叶面喷水两结合的方法，就可以增加阳台的空气湿度。

在阳台环境洒水，不能在中午前后进行，因为此时洒水，会使热气蒸腾，君子兰会被热气熏坏熏死。故只能在上午或傍晚待地面凉了以后进行。

除洒水外，可在阳台上放置水盆或在阳台一角的地面铺一层沙，将水洒在沙中，都可以增加空气湿度。

④冬季气温如低于5℃，应采取防寒保暖促长措施，如用塑料薄膜覆盖。

（2）南阳台移动栽培

南阳台栽培君子兰可采取移动花盆的方法，以避开不良因素的影响。

①6～9月，把花盆从南阳台移到北阳台，或其他较为通风阴凉的地方。北阳台在酷暑炎热的夏季，仍很凉爽，只有在下午4点钟左右能斜射到很短时间的太阳，很适宜君子兰避暑。空气湿度同样用喷水方法维持。

②10～11月开始，可将花盆从北阳台搬回南阳台。因北阳台冬季温度太低。在北阳台养护君子兰冬季不利于生长。冬季，如气温太低，可将花盆移至室内向阳处养护。

（3）北阳台栽培

北阳台栽培君子兰，一是由于光照不足，君子兰会延迟开花甚至不能开花；二是冬季易受冻害。有效措施是：

①君子兰在北阳台栽培2年后，就要把花盆移到南阳台或有阳光的地方养护，方法与南阳台相同，以促进君子兰花芽分化，确保君子兰按时抽箭开花。

②冬季用塑料薄膜覆盖，以防冻害；或将花盆移至室内，确保君子兰安全越冬。

君子兰在室内越冬的温度应在10℃以上。

48. 君子兰小苗怎样培养长大？

从花市场买来的君子兰小苗或从外地邮购的君子兰幼苗，通过亲自栽培，由小到大，开出花来，这是很有趣的。

①检查小苗。从市场上买来的尤其是邮购的君子兰幼苗，多数是一年生的，有两三张叶片，不带花盆的。买来后先洗净，检查根系，如有烂根、病根应剪除。

②小苗处理。把检查过的根系，放进0.1%的高锰酸钾溶中浸5分钟，进行消毒处理，杀灭附在君子兰根系上的病菌。取出后用清水洗净晾干一下即可上盆。如有伤口应涂抹木炭粉或硫磺粉。

③上泥盆。将小苗先种在直径约13厘米的小泥盆里，3～4叶苗每盆1株，1～2叶苗每盆可种2株。土壤可用山泥4份、河沙（或烧过的煤球灰）4份加砻糠灰2份拌匀，盆土干湿适宜，不能过干也不宜过湿。先用筷子在盆土中捣个小洞，再将小苗肉质根插至脖子以上0.5厘米，然后拍拍花盆使根土结合。3天内不浇水，置通风阴凉处。3天后可移至室内向阳的窗口，并用喷壶喷水，约经过10～15天“服盆”了（也就是说开始从土壤中吸取肥水而生长了），这时可施1～2次薄肥，每半月1次。

④平时盆土保持偏干，浇水不要太多，以防烂根、枯叶。在

15～20℃的温度下，就会长出新的嫩叶，翠绿喜人。

⑤第二年春季可换菊花缸或头号筒盆，年底可长到7～10片叶子或5～6叶（1叶苗）。

⑥第三年换二缸子，用30克猪蹄片作底肥，或施25～30克花生饼粉作基肥。

幼苗长到五六片叶子时进入生长旺盛阶段，要供给充足的水肥。每10天左右可结合浇水，追施腐熟的稀薄饼液肥，生长期适时浇水，保持盆土湿润。

⑦盛夏避雨防涝，防止阳光直射。经常向叶面洒水，既洗尘、降温，又增加空气湿度。照此管理，第四年叶子可长到18～20片，开始见花，当年花朵较少，以后会逐年增加。

应提及的是，向叶面洒水时切勿洒在心叶上，以防烂心。

49. 早春怎样管好君子兰？

初春，气温逐渐回升，君子兰逐渐要转入生长旺季，把好早春君子兰的莳养管理这一关，对君子兰今后的生长、孕蕾、开花都有很大的好处。

（1）逐渐揭膜，出室炼苗

广东栽培君子兰，一般年份可以在阳台越冬，如覆盖有薄膜的应逐渐揭去；如在较冷地区室内越冬的，君子兰要从室内移出室外炼苗，接受室外的阳光和新鲜空气。但室内越冬的君子兰，初春最忌风吹。由于养分供应欠缺，一经风吹日晒，叶片会出现脱水现象，使它的亮度减退，硬度、厚度降低，严重时甚至发生黄叶、烂心等情况。

因此，一般要在无风晴暖天气的中午前后，气温达到15～20℃时，慢慢移至阳光下，先给散射光，后给全射光，逐渐适应，这对君子兰的复壮旺长十分有利，并有矮壮君子兰植株作用。早春把君子兰盆移放室外摆放的时间，也应由短渐长，直至适应室外环境气候。

（2）逐渐加大浇水量

君子兰对水分的需求量也要由少逐渐加多。开春后，随着天气的转暖，君子兰的生长速度逐渐加快，需水量也应逐日增加。浇水量要逐渐多于冬季，但不要陡然增加，以防浇水量过大而沤烂肉质根，造成君子兰烂根、黄叶，甚至整株死亡。

（3）适当补充肥分

君子兰经一冬的生长、开花，盆土内的养分几乎消耗殆尽，需补充一定量的肥分。可增施腐熟好的及沤制好的豆饼水、鸡鸽毛、牲畜蹄角等含量丰富的有机肥液。要薄肥勤施，切忌施浓肥或生肥，避免叶焦与烂根。如有条件可在市场上买君子兰专用肥，营养更全面更丰富。

（4）开花期适当降温

君子兰开花时应控制温度不能过高，开花期温度降至15℃左右则可延长花期。入春后，有的君子兰才进入开花期，这时正值气温逐渐回暖，如温度过高，会使开花的时间缩短。这时的室温应控制在12～15℃，这样可延长花期一个多月。

（5）换盆换土

君子兰换盆换土的时间最好安排在早春，这样不会影响植株的生长。君子兰的换盆换土是加快其生长的重要措施之一。无论是小棵君子兰还是大棵君子兰（成龄正在开花的君子兰这时勿换盆，待花谢后再换盆）都要换盆换土。根据君子兰植株的大小，换上稍大点适合生长的腐叶土，如无腐叶土可用园土掺一部分细煤渣粒、锯末和稻壳，再掺适量腐熟好的鸡鸽粪混合而成的培养土亦可。

(6) 分株

成龄君子兰株旁若已长出4～5片叶子的小株，在换盆时，应把子株掰下，子株和母株掰下的伤口要用紫药水或草木灰消毒，以防伤口感染腐烂。处理好的子株要放入消过毒的素沙盆里另栽养护，勿浇水，养护一个月左右；待子株又生出新根时，再重新栽植。

(7) 病虫防治

早春气温较低，大多数病菌处在休眠末期。一般到3月中旬后，气温逐渐回升，病害就会开始发生传播，如君子兰炭疽病、君子兰叶斑病等的新病害也开始出现。所以，春季是君子兰病害的重要防治时期，可收到事半功倍的效果。可用0.3～0.5波美度的石硫合剂喷洒1～2次，每隔7～10天喷一次，既可防病，又可杀灭越冬的介壳虫等害虫。

50. 如何让君子兰安全度夏？

君子兰对光照的要求不严，喜半阴，但怕直射光。由于夏季气温与土温较高，易使根系功能发生紊乱，吸收营养不平衡而导致拔脖、窜叶等现象发生。同时，炎热的夏季，在强烈阳光照射下，大大增加蒸腾作用，致使君子兰的叶片失去光泽，产生黄褐色的日灼病斑，严重的叶片变黑、组织坏死，引起许多病症。因此，君子兰的夏季管理至关重要。管理得好可继续生长；管理不善可能会烂根、黄叶，甚至“砍头”乃至死亡。所以，要让君子兰长势良好，必须采取有效措施，确保君子兰安全度夏，创造有利于君子兰生长条件。

(1) 遮避阳光

在夏季，应将君子兰放在通风良好、没有强光直射的环境中。

君子兰是中光性的花卉，适于春秋柔和的光照，不宜烈日曝晒。夏季，最好将盆株置于阴棚下，阳光通过阴棚的缝隙透进来，使植株接受较弱的光照，即“花达光”照射。如果放置在中午能遮避直射的阳光，而早晚又能见到阳光的地方最为理想。

（2）降温增湿

夏季要把君子兰放在通风处。将君子兰盆子放在水池或水盆上（用木板垫起），并经常在植株四周和叶面喷水，改善君子兰的温湿环境，使它能生长在25℃以下，湿度达到60%～70%的小环境中。

（3）适量浇水

君子兰原产在南非的原始森林中，这就使它形成了形态上和生理机能上的特殊性。君子兰叶面宽大，质地柔嫩，要求土壤含水量较高、空气湿度较大，在炎热的夏天，君子兰生长缓慢，根系吸收水分少，但叶面水分蒸发量却很大。所以，君子兰不能缺水，否则肉质根萎缩，叶形瘦弱，暗淡无光。

要坚持半干就浇水、一浇就浇透的原则。但也不能一见表土干了就浇水，否则盆土长期处于潮湿状态，很容易烂根、叶黄。浇水时千万要注意不要让水淌进叶心，以免发生烂心病，导致“砍头”。

（4）控制施肥

夏季温度高，君子兰处在半休眠或休眠状态，因此，要控制施肥，尽量少施或不施。因为这一时期它的根系吸收能力弱，如果施肥或施肥稍多，肥料长期积累在根系周围，易造成烂根、烂茎现象。但在此期间，如果能将君子兰生长环境的温度降至25℃以下，则可适当施些稀薄液肥，以促进其生长，缩短其休眠期；如温度降到20℃以下，湿度又达到要求，则可照常施肥。

（5）除虫防病

在高温的夏季，如果通风不良，君子兰叶尖会枯萎。一旦发生这种情况，就要进行药物防治，可用杀菌剂如多菌灵、托布津溶液喷洒，每半月一次，以增强抗病害的能力。

君子兰的虫害，主要是吹绵介壳虫。可用纱布蘸肥皂水或“百治屠”擦患处，也可用1%敌敌畏将纱布浸湿放在花盆土面上两三天。切勿用乐果等农药，以免引起药害。

51. 君子兰冬季怎样护理?

君子兰既怕热又怕冻。5℃以下的温度生长受到抑制，0℃以下受冻害。长江以南地区在冬季君子兰均应搬进温室或室内莳养。广东一般年份冬季气温均可达到5℃以上，但也有不少年份尤其粤北山区，冬季常有冰冻。故“防冻促长”是君子兰冬季护理的关键。具体有如下几项措施。

(1) 控制施肥

君子兰搬入室内越冬，一般讲，初冬时室温较高些，多数君子兰在室内仍能生长，这时可以继续施肥，这样对生长枝叶和今后孕蕾开花都有好处；室内只要有15～20℃就可旺盛生长，四年生以上的很容易射箭开花。

可先施一次固体肥料，如发酵的豆饼、花生饼、炒熟的芝麻和骨粉、干猪血粉等。以后每隔20天左右可结合浇水，施一次发酵的豆饼水或蹄角水、淡鱼腥水，50天后可再追施一次固体肥料。

但到了严寒阶段，室温随之骤然下降，如果气温停留在10℃以下时，应暂时停止施肥。因为这时的君子兰已处在生长缓慢期或休眠期，多施肥不但根系难以吸收，反而有害。

(2) 控制浇水

冬季水分蒸发量减少，君子兰浇水量也要相应减少，盆土保持湿润，稍偏干一些，盆土不干不要浇水。但切忌经常断水，或积水或浇半截水。否则亦会引起焦叶或烂根。

（3）增加光照

冬季气温低，增加光照是促使君子兰旺盛生长的重要条件。晴天，应把君子兰放在光照良好的地方，尤其是开花前更要注意增加光照，注意防冻保暖。半月左右，将盆株转动180°，以利叶子生长得整齐美观。

（4）适宜温度

君子兰冬季室温应保持在15～20℃，不低于10℃。室内恒温保持在10℃以上，君子兰能继续生长发育。射箭后室温应保持在18℃左右，昼夜温差最好保持在6～10℃左右，否则花箭长不到适当高度就开花，会形成夹箭。

君子兰开花后，可适当降低温度和减少光照，以延长花期。

（5）及时授粉

为使君子兰名品辈出，开花时要选择异花名品君子兰为父本及时授粉，一般不要用自花授粉，否则不仅结实率低，且品种又会退化。

（6）叶片保洁

君子兰叶大光洁，观赏性很高。如君子兰冬季室内摆放过久，叶面便会积聚许多灰尘，易使叶面受到污染，不仅影响光合作用进行，还会降低观赏价值。因此，应经常用与室温相近的温水，抹洗叶面的浮尘而保持君子兰叶片洁净、美观。但应注意切勿把水淋进心叶。

（7）注意病虫害

入室前要认真检查植株，勿把介壳虫带入室；入室后注意通风，以防炭疽病、白绢病发生。

52. 君子兰怎样用塑料薄膜保温？

在南方尤其广东一般家庭无保暖设备，入室的君子兰在冬天因满足不了君子兰生长、开花的要求，便停止生长，一遇寒流，还有受冻害的危险。实践表明，在家庭可用塑料薄膜进行君子兰保温。这种方法简单易行，效果颇好。

（1）塑料薄膜罩盆

先将君子兰盆土浇透水，然后把花盆放入薄木箱内或厚纸板箱内，再用一个好塑料薄膜袋把木箱或纸板箱整个套上，上口用绳子扎紧，叶子切勿靠着或贴近塑料薄膜。

（2）调节膜内温度

①夜晚及阴雨天把盆放在室内。

②无风晴暖天气，把盆搬出室外晒太阳。塑料罩内挂有温度计，可掌握膜内温度情况。

③如膜内温度升至25℃以上，可把塑料袋扎口解开，透气降温。白天罩内温度要控制在20～25℃之间。

④罩内形成温暖湿润的小气候，夜间保持10℃以上，以维持君子兰生长、孕蕾、开花。

⑤塑料罩内应保温保湿，一般情况下不要浇水。

（3）叶面喷洒肥液

如塑料袋薄膜上挂的水雾减少，可打开塑料袋，用喷雾器向叶面、盆面喷0.3%～0.5%的磷酸二氢钾溶液，喷至微湿即可，切不可向君子兰的心叶上喷水，以免发生烂蕊。

（4）加垫保温材料

①12月至翌年元月，是冬天最冷的时期，可在箱内充填旧棉絮、破旧衣服、秕谷壳或其他保暖材料，填至与盆沿平，并轻轻

按压，使保温材料稍有间隙。

②白天气温较高时，仍把箱搬出晒太阳，罩内的热气被保温材料吸收。

③傍晚搬进室内薄膜罩盆，到了夜间，保温材料吸进的热气再缓缓散发出来，使罩内温度不至于下降太低。最冷时，夜间罩内还能保持在 8～10℃。

（5）补充人工光照

如遇雨天或阴天，而且持续 2 天以上，可用 15 瓦小灯泡，放在罩内补充光照，使君子兰继续生长。

（6）解除薄膜炼苗

寒冬过后，一般气温稳定在 15℃以上，就可解除塑料薄膜袋。但在解膜之前，应先进行炼苗。

第一天，把袋口打开，让君子兰在室内适应 1 天，不浇水。

第二天，把盆搬到室外，袋口仍然张开，不用浇水。

第三天，把塑料袋向下翻至君子兰苗一半即可，让苗上半部露出膜外，仍不浇水。

第四天，把塑料袋全部解除，不用浇水。

第五天后，可浇稀薄的饼水，以后可转入正常管理。

53. 怎样让君子兰提早开花？

君子兰一般 4～5 年才开花，时间比较漫长。那么，能缩短君子兰的“童龄期”吗？回答是肯定的，这就必须采取各种措施，创造一个适宜君子兰生长发育的环境。

（1）盆土采用疏松肥沃土壤

培养土一定要疏松绵软，通透性好，富含有机质，含充足的养分，并坚持每年倒盆换土。盆土成分可为针叶土 20%、园土

20%、堆肥20%、河沙20%、花生饼粉20%。

(2) 光温管理

掌握“夏季避日光，春秋透日光，冬季见日光”的原则，南方5月末就要开始注意给君子兰遮阴，以后不断加大遮阴度。炎夏放在阴凉通风处，10月初可逐渐增加光照。秋冬季保证植株每天光照不少于4小时，环境温度控制在10～20℃。冬季入室后应放在向阳处。

(3) 低温锻炼

冬季盆栽君子兰不过早入室，先在室外经5℃左右低温锻炼10天，此间要少浇水，停施肥，别受到霜冻。低温锻炼后入室于10～20℃环境中养护，同时加强水肥管理，就可于冬末春初抽出花葶。也可人工低温处理，促进花芽分化。

(4) 增施磷肥

在预定君子兰开花前的两个月，增施含磷多的肥料，最好是0.1%～0.2%磷酸二氢钾。

(5) 快速催花

控制温度白天15～18℃、夜间8～10℃，每天光照10小时，大约30天左右能出箭现蕾，50天左右开花。

见到叶腋处有花葶时，保持25～30℃，加大水肥用量，可提前7～10天开花。

54. 君子兰为何难开花或开花不正常？

君子兰一般培养4～5年就能开花。但也存在莳养多年不见开花的现象，甚至虽近老龄，仍未开花；还有偶尔开一次花，以后就与花绝缘。据观察，君子兰难开花有以下几种原因。

(1) 不能成花（无花）

①叶片太少不成花。一般君子兰具有16～18片叶子才能开花；君子兰就是长得最壮健，也必须具备12片以上的壮叶才能见花。因此，一般栽培表现是：年萌叶量超过6片能成花。一般第三年萌叶7片者能顺利成花，第四年（萌叶9片）春节前后见花。

如果每年只萌三四片叶，君子兰就很难开花。

年萌叶量不足6片，君子兰难以成花。

光合面积与叶片数量相关，光合作用积累影响开花，所以，叶片太少不成花。

②不放大叶不成花。君子兰从幼苗至成年株，一般新生叶一年比一年增大，一叶比一叶明显变大。叶片壮才能提供成花营养。叶片瘦弱是整体营养不足的表现，如连年不放大叶就很难成花。

此外，对大叶萌出的早晚也有讲究。因君子兰的花芽分化，是在7月以前的夏季开始的，营养主要来自上年度的成熟叶。在7月以前就有大叶，自然是顺利成花。如果大叶出现在下一个萌叶年度，那么它的成花也要拖后一年。

③根部细弱不成花。君子兰地上部分的生长表现，是受根系状况直接影响的。如果根径长期维持在6毫米左右，就说明它是老苗状态。有的虽然已经加粗，但壮根量太少也不能成花。只有壮根量达到30条以上时（根径在8～11毫米），才能具备成花基础。

④根叶受害难成花。君子兰以新生根的吸收能力最强，如受病虫为害，先是根尖坏死，接着从新根向基部腐烂，大大影响了地上部分的正常生长。

君子兰以中上部叶片的光合能力最强，特别是肥厚光亮的青壮叶。这些叶片的受害都可能导致成花延期。

此外，还应重视下层叶，如下层叶受害或损失过早，那么茎基的新根萌生就会减弱。

⑤茎不加粗不开花。君子兰在第一年夏季成花后，它的花芽就着生在第二年萌出的最后一片叶的叶腋中。在 9 月份就会发现茎部（假鳞茎）开始明显加粗。如果秋后一直不见加粗迹象，就说明它尚未成花或“花胎流产”。

（2）有箭不见花

①“花胎流产”。君子兰完成花芽分化之后，花箭停顿不发育。原因是根叶受损，营养不足；或各种灾害都可能导致花芽枯缩。

②夹箭。夹箭是指君子兰抽箭时，箭秆蹿不出来，夹在塔座内就开花的现象。造成夹箭的原因有：秋后高温、冬春受寒、叶鞘太紧、畸形发育、根部脱水、营养不足、后期遭灾及烂蕾等。

③卡脖子花。一般花梗可高出叶子 20～30 厘米，但有时也常看到矮小的花梗，顶着即将开的花蕾，一直夹在叶丛中间不向上伸长，俗称“卡脖子花”。产生原因主要是平时栽培管理差，长势弱；再就是在花梗伸长过程中，盆土温度过低、过高或水分不足。

④花期延迟。君子兰的花箭在进入成熟期以后，要经过低温期才能在冬春正常开花。在 0～10℃的环境中，处理 10 天即可正常开花。

因为南方的冬季较为温暖，低温来得较迟，故君子兰开花也比北方来得较迟。我国幅员辽阔，南北气候差距较大，各地连续出现 10℃以下天气时间不一，所以，同一品种，在不同地区开花迟早也是大有区别的。

君子兰花箭从低温过渡到开放，需要经过 5 个多月的后期发育过程。因此，南方冬暖地区低温来迟时，君子兰开花延迟到夏季的 4～5 月，也就不足为奇了。

同样如在北方不给以低温过渡条件的话，开花期也一样向后推迟。

55. 怎样延长君子兰花期？

采取如下措施，可延长花期。

（1）安排冬季开花

为了使成龄君子兰在冬季开花，必须使其在开花前经过一个低温阶段，即在秋风渐凉时别着急把君子兰搬进屋里，而应该把它置于室外 4℃左右的向阳处 10 天左右。在这 10 天中要少浇水，停施肥。然后才移到室内温度 10～15℃且没有日光直射之处加以养护；以后则要放在室内向阳处养护。这样就可使春夏季开花的君子兰提早到冬季开花，延长赏花期。

君子兰冬春两季一个花序上的花能开放两个月，每朵小花能开 20～25天。如果夏季开花，因气温较高，每朵小花只能开放 15～20 天。

（2）保持低温环境

当花蕾变成橘红色将开放时，把植株放在昼温 10～15℃、夜温 5～10℃的条件下养护，可延长花期 10～20 天。若冬暖地区，达不到这种低温环境时，可把盆花放在室外养护，以尽量降低温度，达到延长花期的目的。

（3）控制浇水

浇水量适当减少，注意花朵不要溅上水珠，以免花瓣腐烂，寿命变短。

（4）停止追肥

在花蕾微绽后停止追肥，不使花朵生理代谢快而缩短开花过程。

（5）保持空气新鲜

因污浊空气中某些物质如乙烯、硫化物等含量较高，使花朵易伤害衰败，经常开窗透气，有利于延长开花时间。

（6）摘除花蕊

如以观赏为目的，不想让君子兰结籽，可在花蕾微开时将花蕊摘除干净，避免传粉授精，可延长花朵开放时间。

56. 怎样才能使多年不开花的君子兰开花？

（1）影响君子兰开花原因

①冬季温度不宜。君子兰入室前未经5℃左右的低温锻炼，或有经5℃低温，但锻炼时间太短。一般君子兰入室前低温锻炼10天，否则不会开花。

一般室温要在15℃以上，君子兰可正常生长；若冬季室内温度低于10℃，阳光不足，则君子兰生长停止，且影响花葶细胞分裂。

②夏季日照过强。如夏季日照时间太长或光的强度太强，都对育蕾不利，造成叶片徒长，消耗养分，影响冬季孕蕾开花。

③温度过高。如夏季气温高达30℃以上，而空气湿度又太小，或越冬期室内温度偏高，甚至达20℃以上，而日照不足、盆土湿度过大，就会影响生长发育与正常开花。

④换盆不当。君子兰通常2～3年换盆一次，若提前换盆或换盆过勤，易损伤根系，甚至导致根颈腐烂，会影响植株生长与开花。

⑤通风不良。莳养君子兰要随时剪除枯叶和凋萎的花枝，促使植株通风良好，才能确保植株生长发育健壮。若通风不良，土壤过湿，常使植株衰弱，开花不良，甚至招致根部腐烂。

⑥管理不当。如盆土氮肥过剩，而磷肥又严重不足，对君子兰花芽的孕育形成影响很大。

(2) 促使君子兰开花的措施

怎样才能使君子兰花繁叶茂？实践表明，只要栽培得当，培育得法，一株君子兰可在一个月内先后抽出 3～4 支箭。

①控制光照和温度。在南方地区，10～11 月以后，气温逐渐降低。当平均气温低于 15℃时，不要急于入室，要待气温在 5℃左右时锻炼 10 天后再入室，可将君子兰置于室内向阳处。

为调整光线，从 6～7 月开始，将花盆逐渐从向阳窗后撤，8 月间花盆离窗台一米左右，并有时移至地上，10 月后又全天放回向阳窗台。

12 月时，把君子兰放在温度 15～20℃的向阳处养护。切忌恒温，白天温度保持在 15～20℃，夜间则保持在 10～15℃之间，并设法使土温升高。

酷暑（7～8 月）采取降温措施，将花盆移置通风阴凉处，洒水或吹风，创造一个白天 20～25℃、夜间 15～20℃的小环境，使它夏季不休眠，保证四季生长。

②水肥适宜。用晒过的水浇灌君子兰，在春秋生长期，盆土可略湿一些，但不宜过湿。

冬季休眠期，盆土应偏干一些。在夏季，盆土也宜偏干一些为好。防止多淋雨。

每 15 天施一次薄肥，但 7～8 月间减少施肥量。

在花前的 2～3 月，每周施一次以磷为主的薄肥，助长花蕾，使花大而色艳。

③保持盆土疏松。每年割箭后换土一次，培养土要疏松绵软，通透性好，含养分充足，以促进植株生长健壮，发育良好，花繁叶茂。

总之，莳养君子兰，无论是南方还是北方，只要抓住关键，细心管理，满足君子兰生长发育的需求，就能使君子兰叶片苍翠，繁花似锦，年年开花。

57. 如何矫正君子兰“歪叶”？

君子兰叶片排列整齐，宽厚浓绿，端正大方，光亮宜人。但若养护不当，常会出现“歪叶”，即君子兰叶片出现“七扭八歪”的不正常现象，降低了观赏价值。

（1）君子兰“歪叶”的原因

是什么原因致使君子兰的叶片变“歪”呢？这里首先要弄清楚的是，君子兰叶片有其独特的生长习性。

①君子兰的叶片需要 3～4 年才能长成至 16～18 片开花的叶数。

②在开花前的所有叶片生长过程中，叶片逐年生长，逐年长大，而且后长的叶片一叶比一叶大，即下部叶片最小，中上部叶片最大。

③君子兰叶片有较强的趋光性，嫩叶趋光性更强。正因为新老叶片的趋光性有强有弱，因此当君子兰的叶片横向对着光生长的时候，新叶趋光性较强，就会向阳光照射来的方向先“歪”出去，从而使原来生长整齐的叶片出现“歪出”或“歪进”的“歪叶”现象。如一株君子兰有几片叶子歪了，那么，这盆君子兰的观赏价值就会大大降低。

君子兰“歪叶”与品种也有关系，如劣质品种很容易出现“歪叶”植株。

（2）君子兰叶片整形

为使君子兰叶片层次清楚，美观大方，观赏效果好，就要采取有效措施防止叶片出现歪扭。这就需要进行人工整形。实践表明，这里介绍的 5 种方法是较为有效的。

①叶套纸筒法。用牛皮纸或废报纸做成比君子兰叶片稍宽稍长的纸筒，利用君子兰的喜光特性，将生长端正的叶片用纸筒套起来，而将歪的叶片反向朝阳。过一段时间，“歪叶”就扭正了。待全部正过来以后，把纸筒去掉，将君子兰直对阳光安放，就不会再出现“歪叶”了。

②弯弓夹叶法。选两根直径 3 毫米铝条，长度视君子兰植株大小而定，将其弯成形状相同的长半椭圆形（或将两条竹篾用铅丝弯成半圆形），铝条两端顺着君子兰扇形叶片的两边插入花盆内沿土中，形成弓形夹圈夹住叶片，逐步使叶片的方向和位置趋于需要状态。为避免损伤叶片，夹圈之间的夹力不要过大。待叶片整齐后，可将夹圈去掉。

③纸板套叶法。选两块 1～2 毫米厚的纸板，按照君子兰叶片的大小以及宽窄，将纸板作成梯形套板；然后把君子兰叶片逐个套在梯形的纸板上，经过一段时间的整形，君子兰叶片就恢复整齐。

④遮光迫叶法。对于嫩叶歪斜度较大、老叶变形稍小的君子兰植株，可采用不透光的黑色纸板挡住其它三面的光线，使其按照需要弯曲的方位充分接受光照，强迫变形的叶片向所需要的方向弯曲，使君子兰植株挺拔直立。

⑤转盆日晒法。为使莳养的君子兰不出现或少出现歪扭的叶片，平时应注意做好预防措施。即在君子兰养护过程中，根据实际情况转动花盆的位置，使叶片受光的刺激向所需方向移动，起到调整作用，可矫正君子兰因单面光引起的叶片变歪。具体操作方法：

根据君子兰生长季节和光线的强弱，有规律地转动花盆方位，使君子兰不同的侧面，在间隔相等的时间里接受等量的光源。一般情况下，生长季节，可每隔 2～3 天转动一次；生长缓慢季节，可4～5天转动一次，转动的次数和角度尽量相同。

以上五种君子兰整形法，可单独使用，也可两种或两种以上同时使用，这样效果更好。

58. 君子兰叶片为何会发黄?

由于管理不当等诸多原因，君子兰常出现黄叶现象，轻则植株生长不良，有碍观赏；重则根烂叶败，直至死亡，造成损失。造成黄叶现象的原因及补救措施如下。

（1）水分过多的涝黄

盆土长期过于潮湿，致使土壤缺氧，导致根系腐烂，叶片容易产生浸润性变黄。先是嫩叶尖变黄，症状由上往下发展，继而老叶也渐成暗黄色。对此，应立即控制浇水，停止施肥，并经常松土，使土壤通气良好。

（2）水分不足的旱黄

过于干旱，或每次都浇半截水（即上湿下干），易造成旱黄。先是叶片黄尖，并由下向上变黄。对此，应先适量浇水，使其逐渐复原后再转入正常水肥管理。

（3）营养不足的饿黄

长期没有施肥或未换盆换土，土中营养缺乏，造成植株瘦弱，叶子发黄。对此，须及时倒盆，换入新的肥沃、疏松培养土，并施稀薄肥水。

（4）施肥过量的肥黄

施肥过多过浓或施未腐熟肥料，会引起烧根，即土中营养液浓度过高，导致君子兰细胞液外渗，产生质壁分离，致使叶尖变黄，边缘枯焦，甚至整株死亡。对此，应立即增加浇水量，使肥料从排水孔流出；或倒盆换土。

(5) 炎热日晒的焦黄

夏天强烈阳光直射后，君子兰叶片极易发生黄斑（称日灼病），轻者叶片局部变成黄白色，重者可使叶片变焦；高温（30℃以上）干燥时，叶片也易萎黄，极易引起幼叶叶尖或叶子边缘枯焦。对此，应及时将君子兰移到通风良好的冷凉处养护。

(6) 吹了冷风的冻黄

冬季由于不小心，君子兰直接吹到冷风而受了冷，受了寒冷的叶面就会出现泛黄而渐渐枯焦；此外，君子兰在0℃以下即发生冻害，也会出现黄叶。对此，应将君子兰放在10℃以上的室内护养，最好为15～20℃的室温。

(7) 翻盆不当的伤黄

翻盆换土时间不当，如在冬季或者炎夏换盆，或翻盆太勤，损伤了部分根系，这样也会造成部分叶黄而枯焦。换盆一般应在春秋季翻盆。翻盆时应注意勿伤根系。

(8) 热不通风的闷黄

炎夏放在闷热不通风的室内或室外，时久也会造成叶片枯焦。对此，要经常开放门窗或移置阴凉通风处。

(9) 心叶腐烂的烂黄

将花放在室外经常淋雨，或洗刷叶面灰尘时，把水多次浇入新叶中间，这样造成了中间心叶腐烂枯焦，烂心也往往引起全株君子兰的死亡。对此，应注意防雨淋，洗刷叶面及浇水时勿把水浇入心叶。

(10) 缺少微肥的缺素黄

缺少微量元素如锌、铁、锰、钼、铜、钙、硫、镁等其中任何一种，都会出现叶片失绿变黄症状，称缺绿症。对此，应查出原因，对症下药。如缺锌，是叶肉黄色，叶脉仍绿，且叶片狭小，可叶面喷洒0.05%～0.1%的硫酸锌溶液。

59. 君子兰夹箭怎么办？

所谓夹箭是指君子兰的花梗太短，夹在叶片的下部，抽箭时箭秆蹿不出来，花瓣不能正常开放，或花藏于叶下而开，严重影响君子兰的观赏价值。

（1）君子兰夹箭原因

造成君子兰夹箭的原因，主要是养护管理不善，或者一些品种（如日本兰、横兰、雀兰等）本身有缺陷。

①温度不适宜。一般君子兰抽梗最适温度约为 20℃，但若室温低于 12℃，就会迟迟抽不出花箭；若温度高于 25℃，也不利于抽箭。因温度过高过低都会影响花葶细胞分裂而生长缓慢，因而在花葶还没有长到应有的高度就开花了。

②营养不足。君子兰开花期对磷钾肥需要较多，如此时施氮肥过多而又缺少磷钾肥和微量元素，就会影响抽箭开花。即使能抽箭，也常易被叶片夹住。

③水分缺乏。君子兰抽箭阶段，需水量较多，如这时供水不足，也会出现夹箭现象。

④君子兰烂根，亦影响花箭抽出。

⑤空气干燥、光照太强、昼夜温差小等因素都会影响君子兰抽箭。

（2）君子兰夹箭防治措施

发现夹箭现象，要仔细查明原因，有针对性地及时采取措施。

①调节温度。因温度低引起夹箭的，可增加室内温度，方法可根据家庭条件而定。如将花盆搬到室温达 20℃的房间；或在洗脸盆内放一块砖，把花盆放在砖上，向脸盆内倒 50～60℃的热水，不要使热水与花盆直接接触，每次持续 1 小时左右，中间应换水

2～3次，直至花盆底部温热为止；或向茎叶上喷30℃温水，温度高于24℃以上时，要及时降温，可将花盆放在电扇前1米处吹风降温；或将电褥子绑在花盆周围通电加温；或在暖气片上放一块2～3厘米厚的木板，再放两块砖，然后将君子兰放在砖上，使温度不超过24℃。一般经10～15天，被夹在假鳞茎中的花葶就可长到应有的高度。

②调节水量。因缺乏水分引起夹箭的，可每隔3～5天浇一次水。但浇水过多会降低盆内温度，水的温度以稍高于土温为好。在处理由于缺水造成的夹箭时，常遇到盆土不渗水的现象，多半是由于土壤板结或盆内根系太多所致，这时应马上换盆。

换盆时选较大的花盆，底部铺放2～3厘米厚的粗沙，将磕出的整个土团放在新盆中，不要剥落宿土，以免伤害根系，然后向四周填加渗水性能较好的培养土，蹾实，浇20～25℃的温水。温水以手指伸进水中，手指感觉不凉不热为宜（约25℃左右）。以后连续浇温水10～15天，花葶即可长出。

③适当施肥。因营养不足引起夹箭的，发现箭露头时，要注意往盆土里施些腐熟的蹄片饼肥液或向叶面上喷施0.1%～0.2%磷酸二氢钾溶液。

④施“促箭剂”。目前有一种“君子兰促箭剂”，每天往盆土中滴一次，每次7～8滴，4～6天后即可抽箭，但不能往夹箭处滴，以防全株烂死。此物系生物化学制剂，为无毒、无臭、无味的透明液体，具有增强代谢、促进细胞分裂和伸长的作用。

⑤促花枝往上长。当发现有夹箭的可能时，立即用半瓶生啤酒浇灌，即可挽救过来。

亦可将“夹箭”的两片叶子用硬纸衬或其他不致伤害叶片的东西撑住，避免叶片间相互挤压，促使花枝向上长。

60. 怎样防止君子兰“烂根”？

君子兰属肉质根植物，虽然栽培容易，但若环境条件较差或养护不当，常引起根部腐烂。一般幼苗期，常从叶基部以下腐烂，成龄植株则从根中部以下烂掉，严重时导致植株死亡。因此应重视做好防止工作。

（1）君子兰烂根原因

造成君子兰烂根的原因很多，主要有以下几个。

①施肥不当。施用了未腐熟的有机肥，或施肥过多，或是让肥料直接触及根系都会造成烧根，引起腐烂。

②浇水过多。尤其在夏季高温和冬季室内温度较低的情况下，如浇水过量，加上室内通风较差，极易引起烂根。

③盆土较差。培养土配制比例不当，造成盆土板结、通透性差，引起盆内长期渍水伤根；或培养土中的有机质肥料事先未经发酵，导致烧根。

④病菌侵染。君子兰分株时，创伤处没有消毒，细菌侵染，也易造成烂根。

（2）“烂根”的防止

①改善环境。保持良好的通风透光环境，降低温度，加强栽培管理，可使君子兰植株生长健壮，从而提高植株的抗病耐病能力。

②防止植株创伤。因腐烂病病菌多从植株的伤口侵入而引起发病，因此，应避免产生人为的或虫害伤口，在翻盆时更要小心勿伤根系。

③高温不换盆。气温超过 30℃，不要随便换盆，因为换盆易伤根而引起烂根。

61. 君子兰叶片为何会出现黄斑、锈斑、卷缩等不正常现象？

莳养君子兰，叶片常会出现黄斑、铁锈斑、卷缩等诸多病症，虽然原因很多，但主要是管理不善形成的。

（1）黄斑

君子兰叶片有时会出现黄斑、泛黄、叶尖焦黄等诸多黄叶病症，其原因是高温、干旱、日晒、浓肥、生肥等。从中找出原因，有针对性地进行防治。

（2）铁锈斑

君子兰叶片出现铁锈状斑点，主要原因是盆土过干过湿所引起，特别是盆土经常性过湿，更会得此病；还有施入肥料过浓，或施用生肥，也会出现同样情况。在高温天气里，如果把盆栽君子兰放置在闷热不通风或烈日下短时间照射，加上病菌侵蚀，它就由铁锈斑点而变成叶片局部泛黄，直至全叶枯黄。

因此，高温天气的盆栽君子兰，应该放置在偏阴凉爽的通风处，暂停施肥，盆土不要过干过湿，这样生长情况就会好些。如出现病叶立即剪去，以控制蔓延。

（3）叶片卷缩

君子兰叶片发现卷缩，其原因是：

①分株不久，根部受伤，基部叶片会卷缩。

②盆土过干，水分供应不上，也同样会出现叶片卷缩。

③土质不好，根系生长不良。

④品种关系，有少数君子兰品种易出现打卷褶毛病，如雀兰、横兰、日本兰等。

找出原因后，可对症下药。根部受伤，一般过一段时间根系恢复生机后，叶片也就恢复正常。

如根部受伤感染细菌腐烂时，则应细心挖出，剪除烂根，经过消毒并涂抹草木灰或石灰粉后，再重新栽种。

土质不好，可立即进行换盆换土，或增施经腐熟后的饼肥或蹄角肥。

选择叶片厚的优良君子兰品种栽培。

62. 窗台怎样养好君子兰？

有的家庭住房狭小，很难划出一隅适合养花的区域，只好把花放在窗台上；亦有一些人就是喜欢在自己居室的窗台养花。

窗台种植有很多优点：阳光好，一年四季阳光充足（这里是指朝南窗台）；通风好；冬春温度较高。窗台种植不利因素：日照过强，夏季温度太高，湿度小，温度变化大。

怎样根据窗台小环境的特点养好君子兰呢？

窗台莳养君子兰要做好以下管理工作。

（1）控制光照

如果是朝南的房间，春、秋、冬三季可以全天光照，但夏季一定要减少光照时间，更要防止炎夏的直射光照射，以防灼伤叶片。晴天每天早晚 4～5 个小时的阳光即可。中午将花盆移到屋内地上，亦可移北窗台，避免直接光照。

（2）增加湿度

一般住户窗台比较干燥，湿度不够对君子兰生长不利。可每天向花盆及其四周喷水 1～2 次，有条件的可把花盆放在鱼缸或水槽上边，以增加环境的湿度。

（3）注意通风

春、夏、秋三季都要经常开窗通风，冬季也要适当通风。春秋两季通风时间不少于 2～4 小时；夏季不少于 4～6 小时；冬季根据具体情况适当通风。气温稍高可通风 1～2 小时；气温较低可通风 1 小时或不通风。

（4）保持温差

君子兰新陈代谢的正常进行，需要维持一定的昼夜温差（6～10℃），所以如果房间冬季有暖气，夜间温度较高，可将花盆移到通风处，但温度必须保持在 10℃以上。

如此管理，君子兰即可生长健壮，按时开花。

63. 君子兰花期如何管理？

君子兰开花期是其最富观赏价值的时期，故应采取有效措施，以保证君子兰正常的开花，并促进花色鲜艳，延长花期，提高观赏效果。君子兰花期管理，可分为开花前管理、开花期管理以及开花后管理。

（1）花前避露害

要想君子兰开花，开花前便要注意管理方法。在 11 月左右把君子兰搬到阳台或日光下，但在 11 月下旬或 12 月初，就要移置室内避免露害，否则就会迟开花。

（2）花期促延长

实践表明，君子兰开花的时候，可采用人工控制的方法延长开花期，以提高君子兰的观赏效果。具体方法是：将正在开花的君子兰放到避光处，并适当控制浇水，温度保持在 8～12℃。这样可延长花期 10～15 天。

但花期有时由于栽培管理不当，还会造成花箭抽不出来，即在叶基部或叶中部开花，称“夹箭”或“卡脖子”，影响观赏和开花结实。

因此，花期应注意供给充足肥水，满足花期营养需求；同时注意温度不能过低，保持15～25℃，这样可确保正常开花。

(3) 花后盆翻好

①君子兰开花后，如果盆过小，并长有分株，可以通过换盆换土，进行分株繁殖。

②已结籽的，暂缓翻盆换土，到秋冬将种子采收后再翻盆。

③对收籽的植株应补充营养，可每隔10～15天施一次稀薄的氮磷钾混合肥料，促使它继续长叶和种子饱满。但切忌施入浓肥或生肥，否则，不仅叶尖会发焦，而且已结的种子也会脱落。

④将花盆放在半阴而通风的地方，防止烈日照晒或直接淋雨水，盆土以稍偏干为好。

64. 怎样使君子兰春节开花？

“花随人意节日开”，能否使君子兰春节开花呢？答案是肯定的。实践表明，如按下面要点莳养君子兰，就可确保春节按时开花。

(1) 土是基础，严格选择

取松树下腐殖质土，这样的土无菌、肥力强，且疏散细软，漏水性好。其肥力能满足君子兰一年的生长，其土质不会因浇水过多、换盆而损害根部，换盆后能很快恢复生长。

如找不到松针土，亦可用塘泥。但要选房屋门口且经多年未挑的肥沃塘泥。塘泥要充分晒干（未晒干塘泥不能用），打碎（粒不能太小，也不要太大）后拌30%的河沙即可。这样的盆土通透性好、吸湿性强，养分充足。

(2) 换盆时间，不早不晚

以开过头花的君子兰为例，在广东于每年的9月下旬至10月上旬换盆为最好；长江以南地区于9月中旬至9月下旬换盆为好。

正常养护下的君子兰，在开过头花以后，每年在其茎周围会新生幼苗，可用剃须刀片切除分栽。主茎不得保留幼苗，刀口处应涂上木炭灰或硫磺粉。君子兰是肉质根，干燥的木炭灰能很快被刀口上的水分粘住，形成封闭状态，以抗伤口感染。

(3) 上盆添土，层次有序

选用口径35～40厘米的花盆，盆底垫上破瓦片（凸面朝上），抖掉君子兰的残根和结土，植入盆中，然后添土。添土时应固定一个位置添土，摇动盆身，使土与根靠实。加到七成深后，用手指沿花盆边按紧土。最后再添土至距沿面2厘米高即可。

注意添土是一项技术，一盆土就像高山上的岩层，它的形成有先后顺序，有纹路水脉之分。小小的一盆土，形成了一个生态系统。懂得这个道理，不愁花养不好。

(4) 养护得法，肥水充足

①君子兰换盆后，前3天，白天应放阴凉位置，晚上移往露天位置。

②3天以后，白天放到阳光充足位置，晚上不需搬回室内。

③45天后，略施薄肥（以黄豆饼或花生饼肥为主）。这段时间气温干燥，阳光充足，要保证土壤湿润，几乎每天浇一到两次水。

④一般约在农历11月中旬至下旬开始抽箭，12月中旬至下旬开第一次花。肥大的君子兰约有30～35个花蕾。

⑤若遇阴天，一星期只能开一到两朵。因此，要保证春节开全盛的花，需人工提温。一般室温15～20℃时，对开花最为有利。

⑥君子兰在入冬后出现第一个霜冻的晚上，就不能在室外过夜了，白天搬出照射阳光，晚上一定搬回室内。但广东一般霜冻较少，就是一年偶尔有一两次霜冻，也只有几天时间，因此，可根据情况掌握盆花置于室内或室外。

⑦入春以后，待过了正月十五，速将花苔割去。到霜冻结束，就可以移置室外。

这里要提及一个问题就是，一般说炎夏君子兰不能直晒太阳。但有人做过试验，6月天君子兰不怕晒，但在高温时，要习惯给君子兰准备“凉茶”解渴。可在早上将水存储在室内，待至中午，将凉水浇透，给其降温。千万不能用露天池中的水和刚放出来的自来水（君子兰爱好者用此法时，一定要实践后再用）。

按照以上方法养护的君子兰强健，可在春节开花。

65. 怎样给君子兰人工辅助授粉？

新春季节，正是君子兰开花季节，也是给君子兰进行人工辅助授粉的良好时机。

（1）君子兰为何要人工授粉

①君子兰虽属虫媒花，但在冬春季节，靠昆虫传粉机会很小。要想君子兰结出果实来，只有进行人工授粉。

②君子兰的雄蕊短于雌蕊，撒出的花粉不易落到柱头上，因此，让君子兰自花授粉很困难，不进行人工辅助授粉，就不能结出种子或结出的种子很少，而且种子质量差、生活力弱。

（2）君子兰开花习性

君子兰是由多朵花组成的伞形花序，花序生在粗壮的花葶上。一个花序少则10来朵，多则20～30来朵，最多达40～50多朵。花序中部的花朵先开，逐渐向外开放。一般花期可维持40～50天。

（3）掌握授粉时机

掌握好传粉的时机，是授粉成败的关键。在正常条件下，每朵单花开放2～3天，雌雄蕊即成熟，此时收集的花粉，最宜作授粉用。雌蕊成熟时，柱头上分泌有粘液，花粉极容易粘上。授粉的最适温度为15～18℃，温度过低或过高都会影响结果率。

授粉在整个开花期间都可进行，但以早春季节最好，此时温度适宜，花朵的质量较高，花粉存活力较强，授粉后的结籽率及播种后种子的发芽率均较其他开花季节高。

人工授粉宜选晴朗干燥的天气，且以在上午露水干后进行为好。实践表明，一天中授粉的最佳时间是上午10点钟左右，最迟不超过下午2～3点钟。

（4）授粉方法

君子兰授粉的技术并不复杂，只要稍加注意就能获得成功。

最好进行异株授粉，因此，君子兰开花前，要向各方面寻找同时开花的好品种，以便授粉。如无条件，也可进行同株授粉，但同株授粉结子率低。

先将成熟的花药取下，用洁净的毛笔刷到玻璃皿内，然后以毛笔蘸上花粉，弹撒在母本成熟、有粘液雌蕊柱头上即可。也可直接将花药倒转朝下，让花粉直接接触在雌蕊柱头上。

如果从别处采集花粉，可将带花丝的花药掐下，插在一块鲜菜帮上或一片水果上，装入瓶或盒中带回，再按上述方法进行授粉。

为了提高君子兰的授粉结实率，要进行反复授粉，最少要进行两次，即第二三天再重复授粉两次即可。

一般一枝花授两次粉，整个植株的花如有10枝，就得授20次。如果几个花一齐开，也可同时授粉，以减少授粉次数。

66. 怎样收获君子兰种子？

君子兰种子，一般成熟期较长，授粉后，通常需经7～9个月，才能成熟。

当果实的表皮由绿色变为红色或褐红色时，用手按一下，如果果实开始变软，果皮和种子已开始分离，说明种子已经成熟，到采收的时候了。这时可将果实采下，剥出种子，完熟的种子可随采随播种。

如不立即播种，采收种子时，应把果连“箭”一起用刀切下，吊在阴凉通风的地方，放10～20天以后，可将君子兰种子剥离出来，准备播种。

事实上，一般都不等君子兰果实变红，当君子兰果实长到蒜头大小时，只要果实表皮变白绿色，用手轻捏，果实坚硬，并发出沙沙响声即行采摘。把剪下来的果穗绑好，吊起来，置于通风透光处，经过10～15天的后熟，即可把种子剥出来。把生长丰满、晶晶有光的好种子选出来，其余的扔掉。经过挑选的种子，即可用来播种。这种种子生活力更强，发芽率更高。

一般将剥出的种子，在2～3天内即行播种。经贮藏的君子兰种子，明显降低发芽率。如不能及时播种，应将种子用塑料袋包好封严，放在干燥通风处，置于4～10℃的条件下贮存。因君子兰种子不能晒，含水分较大，故贮存时应定期检查，以防变质。

67. 君子兰能否进行“湿养”？

不少人认为君子兰怕水、怕湿，因此，养护君子兰应稍干勿湿。但笔者在阳台上采用“湿养”法，保持盆土长期呈潮湿状态，实践证明君子兰生长极佳。具体做法如下。

（1）托盘盛粗沙

制作一只高3～5厘米的白铁盘，里面铺1厘米左右厚的粗沙；如君子兰数量少，也可用瓷盘、碗等器皿。

（2）粗沙面上摆盆

将君子兰盆株摆在托盘的粗沙面上，盆与盆之间应有一定的间隙，不能挤得太近，以利通风。而且叶的方向应基本一致。

（3）托盘注水

盆株摆放好后，就往托盘内注水，注到沙面上溢出水为止，让盆土能浸到水。以后每隔一周左右向盘内注水浸盆一次，保持盆土长期不干。

实践表明，“湿养”后君子兰不但无烂根现象，而且根多、雪白、粗壮，长出的叶子油亮、色浅且宽、短，收到令人满意的效果。

“湿养”之所以能使君子兰健壮生长，主要是改善了君子兰的生长环境条件。具体来说，有以下几个原因。

①改善了盆土疏松透气条件。栽培君子兰最关键的是保持盆土疏松透气。采用此法，避免了过去那种由于盆面浇水造成的土壤板结问题。尽管君子兰根系长期处于潮湿的情况下，但由于土壤疏松，不致于根部呼吸受阻而腐烂。

②改善了阳台上燥热的生活环境。君子兰喜温暖、潮润的生活环境。在阳台上常常因空气燥热而莳养不佳。“湿养”后创造了较高的空气湿度，在夏季能降温，在冬季能升温，保持了良好的温湿环境。

③改变了盆土忽旱忽涝的状况。阳台上栽培君子兰常因掌握不好浇水量，致使君子兰时涝时旱，特别是长时间处于干旱状况，君子兰的根系不是腐烂就是干瘪，叶子也常出现病斑。“湿养”则既不会干旱，也不致于供水量过大，保证了君子兰的均衡供水，因而生长很好。

68. 君子兰怎样翻盆换土？

（1）君子兰什么时候该翻盆换土

君子兰植株当出现下列之一情况时就需换盆：

①盆太小，君子兰植株又长得很旺，根系亦无扩展的余地。

②盆土养分耗尽或经常浇水，使盆土养分流失，致使植株生长衰弱。

③栽培不当，使根系腐烂。

④母株长出很多子株，需要分株。

⑤君子兰开花割掉残箭后。

（2）换盆时间

翻换盆时间，在长江以南一般宜在春季的花后 3～5 月或秋季的 9～10 月间为宜；在广东除夏季外，春、秋、冬季均可进行。但应避免开花期换盆。

（3）换盆次数

多数君子兰爱好者认为，君子兰的幼苗和成年植株，一般宜两年换盆一次。换盆过勤，损伤根系，不利于植株生长发育。

开花的植株，一般应坚持每年开花后换盆换土一次。

（4）换盆方法

①换盆前一段时间内不浇水，以便盆土与盆壁脱离。

②所用花盆一般比原盆应稍大，在培养土中加骨粉（或过磷酸钙）适量，使其与土充分混合。

③小盆一人操作。换盆时，用左手食指和中指夹住植株，将盆倒翻过来，并用手掌托住盆土，然后用右手轻击盆壁外沿及盆底，植株和盆土就会顺利脱出。如不能脱出，可将盆口在木器上轻磕几下即可解决。

④君子兰大盆换土时需两人合作，将植株从盆中磕出后，去掉大部分宿土。如果盆土板结，不易剥落时，不要勉强铲掉宿土，以免用力过猛，损伤脆嫩的肉质根。这时应将整个土墩浸于水中，板结的泥土很快就会与根系脱离。

⑤栽种时，将植株置于盆的正中，根系在盆内要分布合理，过长的根可盘曲在盆底。加土过程中要多次震动花盆，使培养土充满根系之间的空隙。最后把土蹭实，留 2~3 厘米的沿口即可。

但要注意在上盆时，盆底孔洞要垫盖两片碎盆片，一片盖没洞口一半，另一片斜盖其上，使之成“盖而不堵，挡而不死”之势。

（5）换盆后的管理

换盆后不要马上浇水，以免根部伤口感染，待 2～3 天后浇透水，置阴处 10～15 天，保持盆土润湿。一周内控制浇水。然后从阴处移至半阴处恢复正常管理。

新种培育

69. 君子兰的育种目标如何？

我国普遍栽培的君子兰品种是大花君子兰和垂笑君子兰。大花君子兰在中国先后出现了五大系列，特别是短叶出现使大型兰时代进入了中型兰时代；日本兰的引进，使君子兰的抗逆性得到加强，栽种范围得以扩大；而横兰和雀儿兰的出现，不但使君子兰进入了微型兰和袖珍兰阶段，而且在头形、长宽比、株型、兰座方面取得突破性的进展；金丝兰的选育成功，又使君子兰在叶色方面呈现出多姿多彩的局面。

但是，仍然存在不少问题，例如长春兰的抗逆性差，横兰、雀儿兰的叶片打褶和花箭太短，日本兰普遍存在的隐脉问题，以及金丝兰基因不稳定等等。因此，只有不断推陈出新，才能培养出一代又一代的优良君子兰新品种。君子兰育种的主要目标有以下几个。

(1) 叶片的综合质量要高

自 1840 年至 1931 年间，中国分别从德国和日本引进君子兰后，君子兰在中国的栽培历史已有 100 余年，经过精心培育，中国君子兰在世界君子兰中占有重要地位，被誉为东方君子兰。中国君子兰的显著特点是：

①脉纹清晰，经纬脉纹凸出，呈明显青筋绿地或青筋黄地，表现出优美的线条。

②叶片光亮细腻，达到油绿、光亮，甚至腊膜的程度。

③花色丰富，有白色、绿色、红色等多种色泽。

④株型好，叶的长宽比例适中，层次分明，有动态之美感。一株名贵的君子兰，首先表现为叶短、宽、厚、亮、直立、头形圆、脉纹凸起，有人形象地把它形容成“短、宽、圆花、亮、蹦筋大脉档，二十五六（厘米）个长，十一二（厘米）个宽”。因此，在君子兰育种目标上，主攻方向应放在提高叶片的综合质量。

（2）株型要美观

珍品君子兰应达到“光、纹、色、形”四者俱全。头圆脖短青筋黄地，或青筋绿地的色素，光彩照人的光泽腊膜，凸起、宽整、贯穿到底的脉纹，叶片排列整齐，趋光性弱，横看如扇面，竖看一条线，兰座似元宝或莲盘。

（3）品种要有特色

培养具有不同用途的品种，如家庭养植的中小型兰，适于客厅或会议室摆放的大中型兰，可作鲜切花的长梗兰、垂笑兰、地栽兰，观花、观叶、观果并举的缟君子兰和金丝、多色花君子兰。

（4）适应性、抗逆性要强

我国君子兰主栽区，一般在东北和华北保定以北地区，极端气温最低达−30～−40℃，最高可达40℃。一年中适于君子兰生长的时期只有6个月左右，而在南方栽培的主要问题也是越夏气温偏高。因此，君子兰的推广必须着手解决耐高温和抗严寒的问题。

目前国内以抗高温和耐严寒的日本兰与国兰进行杂交，已培育出抗逆性强的新品种。如鞍山兰、横兰等君子兰新品种都能耐高温，能在38～40℃的高温下生长正常，解决了君子兰不耐高温的难题，有助君子兰向南方发展。因此抗逆育种是今后君子兰育种的重要目标之一。

70. 君子兰育种有哪些途径？

广义的君子兰选育种途径包括查、引、选、育四个方面。

（1）查（资源调查）

通过资源调查发现优良的君子兰品种，直接或间接地供作育种材料。

（2）引（引种）

将某一君子兰品种从原有分布地区，通过引种培育，引入新的区域栽培。如将和尚君子兰从长春引入广东栽培。

（3）选（选种）

通过一定的方法和程序，去寻找、发现、鉴定君子兰在自然状态下自发产生的变异，从而获得君子兰新品种。如彩边兰是大福轮君子兰的芽变选种而成的。

（4）育（育种）

通过杂交或物理化学方法，诱发变异，再经过一系列的鉴定、选择，获得君子兰新品种。包括有性杂交、辐射育种、倍性育种和组织培养等。

目前，国内君子兰育种方法单一，手段落后，大部分是利用相对性状杂交、品类复合杂交、单系列回交、自交和无性繁殖等方法，虽然获得了一部分优良植株，但育种时间长。现在一些科技工作者为加快育种进程，正在采取一些先进育种技术，如：通过组织培养选育突变株；用化学诱变方法将二倍体染色体加倍，再与二倍体君子兰杂交，培育三倍体君子兰；用钴 60 照射种子或幼苗选育突变株等等。可以预见，在不太长的时间里，有可能获得新的品种。

71. 君子兰怎样引种？

引种是最简单、最有效的君子兰育种方法，已被普遍采用。引种方法有两种：简单引种和驯化引种。简单引种是在品种适应范围内的地点迁移，一般以幼苗或成龄苗作引种材料。驯化引种是在君子兰品种适应范围以外的迁移，使君子兰品种在新的栽培地点产生新的适应性。一般以种子、君子兰幼苗作为引种材料。引种时按下列步骤进行。

（1）提出引种要求

根据自已的栽培规模或试种数量提出引种要求（或计划），内容包括：引种地区、单位、引种时期、拟引品种、引种方式（种子、幼苗或几叶苗）、引种数量、引种目的等。

（2）引种记录

在引种时，对所引君子兰品种必须挂牌并详细记载如下项目：品种名称、品种来历、品种特性、原产地和引种地区的风土条件、栽培方法等。

（3）引种试种

试种时，最好将引进的品种与本地已栽培的君子兰优良品种进行比较，以鉴别其优越性及适应性。

72. 君子兰怎样进行芽变选种？

被誉为“稀有珍品”的彩边兰，是从大覆轮君子兰的腋芽选育出来的一个新品种。雀兰也是从芽变株选育出来的。

（1）何谓芽变选种

君子兰的腋芽（侧芽），一般具有保持原品种特性的能力，但有时也会产生突然变异，利用君子兰芽变的这一特性，从中选择出优良君子兰新品种，称之芽变选种。

据资料，君子兰较易产生芽变，但芽变的类型多种多样，有的芽变对观赏不利，称为“劣变”；有的芽变符合人们的要求，称做“优变”。芽选就是要淘劣选优。

(2) 如何进行君子兰芽变选种

对广大君子兰爱好者来说，平时对君子兰进行细心观察，一旦发现优变苗头，及时向专家或研究部门荐报鉴定是最好的方法。腋芽长出时最易发现叶片的变异；在发生严重自然灾害后，也是发现抗某些自然灾害芽变的好时机。1999年底广东遭遇历史罕见的冻灾，最低温度达－4～－5℃，很有可能从那些经受严寒考验而又未被冻死的君子兰植株中选育出抗寒的芽变新品种。

由于君子兰的生育条件发生变化，往往也会引起君子兰的异常表现，因此，关键是在芽变选种过程中，要对一些变异现象做全面分析，认真区分是芽变还是常态变异。前者是遗传性变化，即真正的变异；后者则是由于环境条件或栽培管理上暂时变化而反映出来的，也称为饰变或徬徨变异。即使是真正的芽变，有的表现比较稳定，具有重演性；有的则表现不稳定（如金丝兰），甚至几年后又恢复原状，变异消失。

当初步鉴定为真正的芽变时，应保护好植株并作好标记，记载变异情况、部位、特点等，于第二至第三年对初选芽进行复选，第四年进行决选。对特别优良的芽变品种，要尽快繁殖，以备当选后迅速推向花市，并给予命名。

实践表明，君子兰的芽变选种，方法简便，易于掌握，收效快。

73. 君子兰杂交育种怎样选择杂交亲本？

把具有不同遗传性状的两个或两个以上的君子兰新品种通过授粉达到受精的目的，叫杂交。杂交产生的后代，称为杂种。这是培育君子兰品种的有效手段。

杂种后代的表现取决于亲本的优劣。一般来说，性状优良的亲本才能产生性状优良的杂种后代，因此正确选择亲本是杂交成败的关键。

（1）根据育种目标选择亲本

育种目标不同，所选择的亲本也应不同。但不论确定怎样的育种目标，所选择的亲本都应当是综合性状比较优良，具有达到该目标的优良特性。例如要培育开花早的品种，就应当选早花品种作亲本，而不能选用中花或迟花品种作亲本。

（2）选择系统发育历史短的品种作亲本

一个品种系统发育历史的长短是指该品种从产生直到今天所经历的时间长短。一般系统发育历史短的品种，其遗传的可塑性较大，通过杂交容易获得杂种。如可选用国兰、横兰、金丝兰、新选育的君子兰品种或杂种等。

（3）根据品种的亲缘关系选择亲本

采用亲缘关系相对较远的品种间杂交较易获得杂种。如雀兰与国兰；国兰与日本兰等。

雀兰、横兰、日本兰等小型君子兰新品种的问世，给君子兰注入了新的活力。但雀兰叶端带急尖，横兰叶面较粗暗，日本兰叶面太平淡。实践表明，单靠这些品种之间的相互授粉杂交是很难获得理想品种的。

许多人的实践说明，选国兰中的花脸品种、和尚、腊膜、短叶和尚、和尚短叶等与新品种相互授粉杂交，能选出青筋黄地儿、大宽脉档、腊亮照人的新优子代。

新品种中的雀兰与国兰中的一些优良品种间相互授粉杂交所产生的子代在叶片方面都有不同程度的缩短，但雀兰的遗传基因甚强，要想把其子代的急尖抹掉比较困难，但也是可能的。只要选国兰中的一些株型矮小、头形卵圆、叶厚纹高、生长健壮的植株与雀兰相互授粉杂交，再通过精心培植、细心筛选，坚持不懈地选育，那么理想植株必将会脱颖而出。

74. 君子兰有性杂交怎样进行?

在杂交前先要拟订好杂交计划，确定杂交亲本、组合和杂交方式，掌握好亲本的开花期，并准备好杂交用工具如镊子、毛笔、贮粉瓶、标签、纸袋等。

（1）杂交授粉时间

杂交授粉时间最好在上午10点钟左右，中午以后由于阳光的照射，柱头上的粘液减少，从而使柱头对花粉的接受功能受到影响，授粉的效果就会变差。如果由于某些因素必须延迟到下午时，最好不要超过3点钟。阳光充足和比较干燥的条件对授粉的成功是有利的。

（2）花粉的采集

上午露水干后，将健壮父本成熟的花药取下，用毛笔将花粉抖刷在玻璃皿内。为了保证花粉的新鲜，采集的花粉应当日使用。如果需外出采集花粉，最好带一只保温杯，并准备1片水果或萝卜。收集花粉时，用铅丝或针先在上面插一些小孔，再将带药的花丝插入，最后放在保温杯内带回，可保持花粉的新鲜。

君子兰的花期有早有晚，如果选择的父本已经开花，而母本尚未开花，可将雄蕊的花药剪取后放在玻璃皿中，置于0～4℃的冰箱内贮藏。在干燥的情况下，花粉的寿命可保持一周以上。如果装入有氯化钙（干燥剂）的干燥瓶内，再放入冰箱，花粉的寿命则可保持半个月。

（3）去雄、授粉

君子兰杂交育种时，在花冠初开而花药尚未成熟时，应该进行去雄工作，即将小花中的雄蕊全部拔掉，并在花序外套一个透明的纸袋，以防止天然杂交。如果只有一盆君子兰，则不需进行套袋。

授粉时将套袋打开，用毛笔蘸花粉在柱头上轻轻涂抹，让花粉沾在柱头上。因花序上的花朵陆续开花，授粉时应注意小花的开放时间，并在适当时分别进行授粉。少量植株的授粉可用镊子将雄蕊夹断，然后把花药直接触擦柱头，并让花粉撒洒其上。授粉后仍套上套袋。

为了提高授粉结实率，在柱头成熟后的2～3天内应连续进行2～3次授粉工作。一般上午9～10点和下午1～3点各授粉1次，第二天的上午或下午再重复授粉1次。

所用的工具要保证洁净。不同的交配组合，要分别使用各自的工具，以保证花粉不混合。一个组合完成后，镊子和毛笔须用酒精消毒后才能用于第二个杂交组合。

（4）挂标签、杂种播种

授粉后要系挂标签，标签上注明父母本名称、授粉的日期与次数，以便日后了解种苗的亲缘关系。

杂交受粉后，一旦达到受精的效果，花朵就会很快地凋谢，没有受精的则会继续开花数日。受精花的子房在花谢后10多天有明显发育的表现，未受精花的子房则在花谢后逐渐萎缩脱落。授粉后，经过9个月左右的时间，种子即可成熟。种子采收时应将标签一起取回，进行单独播种。杂交种子，父、母本种子分别播种作比较，选优淘劣，需经多年才培育成新种。

75. 怎样培育叶艺君子兰？

普通君子兰几经变异而形成叶艺君子兰，叶色由黄、白、绿、蓝等颜色组成，又巧妙地组合分布，看去宛如金枝玉叶，不开花也能给人以美的观感。

（1）芽变选育叶艺兰

以往当君子兰苗群中出现金丝叶片的小苗时，并不被重视，而是以青筋黄地的“花脸”为唯一的追求。然而，多年的实践证明，“花脸”对环境的依赖很强，土质、气候改变后，“花脸”就不复存在，况且也不如“叶艺”那样明丽耀眼。

培育高质量的叶艺君子兰并不是一件容易的事。有人搜集了一些金丝君子兰小苗，养到几片叶以后，本来鲜艳的颜色变得模糊不清；更有甚者，金色条线后来却无影无踪了。也有的金丝尚存，但若隐若现，缺乏鲜明的视感；有的在阳光照射强时，黄、白色条线明显，否则变得暗淡模糊。这是变异不稳定的缘故。

一株好的金丝兰，应该从苗期直到长成，始终保持稳定清晰的嵌合体状，具有较宽的彩带。当彩带与绿带分布有序，呈现中部绿、两侧黄或白色对称展布时，即为金边兰、银边兰。如金边兰，叶中心为深绿色、浅绿色、灰色，两边为嫩叶金黄色。在阳光下，金光闪闪，妙不可言；黄、绿、白相映，如彩带一样，十分美丽。这是极为高贵的叶艺君子兰品种，观赏价值和商品价值都极高。

（2）杂交培育叶艺兰

①选择优质亲本。从授粉开始，首先要择优授粉。不稳定的

劣质金丝兰授以优质君子兰花粉，其后代品质将大大提高，可得到一定数量的优质苗。而优质宽缟金丝兰之间相互授粉，却出现相反结果，产生大量的“白花苗”，成为不能生存的废品。

叶艺君子兰除金丝兰外，还有黄色、绿色沿叶片横向展布，把叶片分成几段不同色彩的品种，似金波绿浪，颇为壮观。有的珍品（如佛光）植株中心叶片为金黄色，随着生长逐渐演变为绿叶尖、叶根，如放射状的金光。它的球果也呈金黄色，似金弹子。

②注意基因搭配。选用优质叶艺兰培育的“嵌合体”苗时，要特别注意基因搭配：黄、白色基因强的母株必须选择绿色基因优势的父本，再结合株型的选择，逐代选优，定能出现优秀品种。

76. 为何说彩色君子兰前景似锦？

在君子兰的绿色叶片上，出现有黄、白、灰、蓝或青等颜色条纹，看去似彩带一样美丽，故称其为彩色君子兰。如金丝兰、彩道兰、彩边兰、富豪彩色兰等。

彩色君子兰早在60～70年代就有发现，甚至更早，但没能引起养兰人的重视。其实它是君子兰的变种，有人说是病态，有人说是退化，说法不一。事实上，这是有益的芽变（突变）。如彩边兰就是从大覆轮兰芽变中选育的。

据报道，在君子兰相互杂交中，也曾发现有彩色君子兰杂种出现。但当初没有人对彩色君子兰进行定向培育，也就是说，谁也没想通过杂交使子代叶片产生彩色条纹，所以对那些杂交后代出现彩色条纹的幼苗都当作次苗抛弃了。有个别君子兰爱好者也是一时兴趣把它养大，这时才发现它的美，至此引起了君子兰爱好者的重视，并进行了定向培育，才使早期仅有几条条纹的君子兰，发展到有较多条纹并有较宽条纹的彩色君子兰。

20世纪90年代初研究彩色君子兰的人还只有少数，但随着彩色君子兰投放市场产生了效益后，研究的人逐渐增多，彩色君子兰悄然兴起。但彩色君子兰依然是方兴未艾，很有研究的潜力。我们相信，君子兰经过科学的育种，定能产生更多更好具有稳定性状的彩色君子兰佳品。

彩色君子兰的出现，给叶艺君子兰骤然增添了活力。以往人们一直崇尚叶艺兰花，使叶艺兰花身价大增。但当今的彩色君子兰，具有叶厚、叶宽、彩带多、彩带宽、彩带亮等特点，是叶艺兰花无法达到的，也是叶艺兰花不能相比的。因此，彩色君子兰更具观赏性，更具商品性。

如彩边君子兰（又称金边君子兰）佳品，是由深绿、浅绿、灰、白、黄、金黄等多种彩带组成，远看金光闪亮，近看彩带耀眼，仪态万千，妙不可言，是君子兰中的稀有珍品，具有极高的观赏价值。

因此，可以这样说：彩色君子兰前景似锦。

77. 老化的君子兰品种如何复壮？

君子兰经过较长时间的栽培，往往植株生长逐渐缓慢，鳞茎伸长变细，只剩上部几片叶，几乎不发新根，仅靠很少的老根维持生命而呈老化状态。这时应该采取更新复壮的方法，使其恢复生机。

（1）切除下部衰老鳞茎

春季3～4月或秋季9～10月将君子兰老植株从盆中磕出，去掉根部土，摘掉残苗老化叶基，把鳞茎部位洗净、晾干，用利刀在健壮叶基下部约0.8～1厘米处横切一刀，把植株下部衰老鳞茎切掉。要求切口平整光滑，避免挤伤，影响发根。

（2）切口处理

老鳞茎切除后，随即在切口上涂木炭粉或硫磺粉，以防止伤流和感染；然后放置阴凉通风处，让切口自然晾干。

（3）重新栽种

待切口表面稍干，将鳞茎栽植在新花盆的潮润素面沙土中，不浇水，置于阴凉处；2天后浇一次透水，以后勤水保潮，精心护理，禁忌施肥；在20～25℃的气温下，10天左右鳞茎切口周围可见新根生出。

（4）倒盆养护

当长出新根后，可移置阳台养护。30天根长至5厘米左右；40～50天根长超过20厘米。这时可用培养土倒盆，正常养护。培养土可用腐殖土5份、河沙4份、饼肥（腐熟）1份。根系长好的复壮君子兰，如同分株的脚芽一样，生长较快，生长势得到恢复。

（5）老鳞茎的利用

切下的一段衰老鳞茎及老根，只要没腐烂，可埋在素沙土里放在阴凉通风处，适当护理，切口周围有可能萌发新芽，但需时间较长，约需2年左右才能长出来。

无土栽培

78. 君子兰无土栽培有哪些优点?

简单地说,君子兰无土栽培就是不用自然土壤种植君子兰,而是用营养液或各种栽培基质再加营养液的方法栽培君子兰。

家庭君子兰无土栽培具有以下优点:

①清洁卫生。无有机肥的异味和蚊蝇的滋生，保证了家庭环境的清洁和卫生。

②搬运轻便。无土栽培基质如陶砾、珍珠岩和蛭石等都是很轻的基质，搬运轻便，有利管理。

③管理简单。无土盆栽君子兰在管理上只要定期、定量补液，保持水位或保持基质湿润即可。添足一次水及加一次营养物质，至少可以维持一个星期以上，有些可长达1个月左右；管理十分简单，可以节省许多劳力和时间。

④容易掌握君子兰需要的营养物质。无土栽培君子兰，根据君子兰的需要，多是自己配制营养液，施用方便准确；或购买商品君子兰专用肥料的片剂、粉剂或浓缩的液态肥料，营养物质的剂量准确可靠。

⑤不用松土通气。因为无土栽培君子兰基质有良好的通气性，免去了给盆土松土、通气的麻烦。

⑥更换基质比换盆简单。无土栽培君子兰基质携带轻便，更

换时省时省力，免去了土栽君子兰的买土又买有机肥的麻烦。

⑦基质消毒清洗方便。基质被污染后，可以蒸煮消毒后再利用，也可以定期清洗基质，除去残根废物，都很方便。

79. 哪些基质适用君子兰无土栽培?

家庭君子兰无土栽培对基质有如下要求：卫生美观；不易碎；不腐烂，无异味；体轻，搬运方便；适于肉质根的生长。

根据君子兰对基质要求，适合家庭君子兰无土栽培的基质有：珍珠岩以及珍珠岩-草炭、珍珠岩-蛭石、蛭石-草炭等混合基质。这些基质中，珍珠岩最适宜君子兰无土栽培。而陶砾则不适合君子兰无土栽培。因为君子兰根系粗大又密集，陶砾颗粒比一般基质都大，根系与陶砾接触面小，根与根之间很难进入陶砾，对营养液的吸收远不及其他基质，所以不适于君子兰。

珍珠岩是由硅质火山岩形成的矿物质，因珍珠状球形而得名。硅质火山岩含水量约为2%～5%。当粉碎加热约至1000℃时，即形成膨胀珍珠岩，其容重小。这种矿物质具有密闭的胞状构造，其特点是：透气性好；含水量适中；化学性质稳定；既可单独作基质，又可与草炭和蛭石分别混合使用。此外，珍珠岩颗粒小，质轻，洁白美观，保水力强。因此，最适合家庭无土盆栽君子兰。

珍珠岩基质栽培君子兰时，可不用消毒，因为在生产时经过1000℃高温。但如用过一段时期(1年或半年)后被污染则要清洗。家庭无土盆栽君子兰用量较少，可以用开水煮沸消毒后再用。基本上可长时间使用。

80. 君子兰无土栽培营养液如何配制？

无土栽培或水培法栽培君子兰，要靠人工供给养分，需将市场上销售的无土栽培或君子兰专用营养液用水按规定倍数稀释；或自己按配方配制营养液。营养液浓度为2%～3%。营养液成分为氮、磷、钾、钙、镁、铁、锰、硼、锌、铜、钼、硫等的无机盐类。

（1）营养液配方

①大量元素。其用料与用量按下列所示：

硝酸钾	6克
硝酸钙	10克
硫酸镁	6克
磷酸铵	4克
硫酸钾	2克
磷酸二氢钾	2克

②微量元素（应用化学试剂）。其用料与用量按下列所示：

乙二铵四乙酸二钠	200毫克
硫酸亚铁	150毫克
硼酸	60毫克
硫酸锰	40毫克
硫酸锌	10毫克
硫酸铜	2毫克
钼酸铵	4毫克

③井水或自来水10千克（10000毫升）。

（2）混合配制

将大量元素与微量元素分别配成溶液，然后混合起来即为君子兰营养液。

(3) pH 值调整

营养液的 pH 值为 6.5 左右（即 pH 值为 6.0～7.0）。

营养液一般用自来水或井水配制。如 pH 值不符合要进行调整。若 pH 值偏高，即偏碱，可加入适量硫酸校正；如果偏低，即偏酸，就应加入适量氢氧化钠校正。

营养液无毒、无臭，清洁卫生，可长期保存使用。

81. 君子兰如何进行无土育苗？

适合家庭无土繁殖（育苗）的方法有种子繁殖和分株繁殖。

(1) 种子繁殖

君子兰播种育苗，采用河沙、珍珠岩、锯末等材料作基质，发芽快、不烂籽、长势好、幼苗生长期短，易管理且不易得病。以下以锯末材料作基质为例，介绍种子繁殖方法。

①播种时间。君子兰正常花期 1～5 月，当年 10 月至翌年 1 月，果色由深绿变浅，后变红色，进入果实成熟期，剥出后短时间晾晒即可播种。

②精选种子。成熟的种子表皮呈乳白色或灰白色。要选择具有明显种孔和健壮种胚的种子（种胚健壮的种子在种孔处有一明显的凸起）。

③温水浸种。播前将种子用 30℃温水浸泡一昼夜，以加速胚乳内贮藏物质的溶解和运输，加快发芽。

④苗床及锯末准备。育苗可用育苗盆或一般的浅花盆。盆底要有透气孔。应选择粗细适中的锯末，以硬杂木为佳，松木次之。事先将锯末充分发酵，用时放在锅内（或蒸煮容器内）煮沸 30 分钟，取出放凉后，放入育苗盆或箱中（厚 7～8 厘米）。

⑤播种。将浸种后的种子种孔朝下摆放在锯末上，种子间距1～1.5 厘米。播后撒上锯末，约 0.5 厘米厚（能把种子盖上即可），然后用细眼喷壶浇透水。

⑥苗床管理。温度是决定种子萌发速度的主要条件，苗床温度要控制在 20～25℃之间。温度太高，易烂籽；温度低，萌发慢。

锯末要始终保持湿润，每天用细眼喷壶浇一次水，有条件可在育苗盆或箱上盖一块玻璃，这样既可提高苗床温度，又可保持湿度。中午要掀开玻璃换气。约 5 天可萌发，10～15 天可长出肉质芽根；此时将种子向上提一下，使其露出锯末 0.5 厘米。30 天后可把种芽提到锯末上面。注意不要把种根碰掉。开始一叶，可以浇水，少浇或不浇营养液。一叶以后，可按盆栽正常补水补液，不可过干或过湿。

⑦分苗栽植。君子兰播种后，约 40～50 天左右可长出第一片真叶，此时即可进行幼苗期分苗移栽。一般可选用 10～12 厘米的小泥盆，基质采用珍珠岩和腐熟木屑或草炭，按 1∶1 的比例混合。

移栽时，幼苗的根一般长 7～10 厘米，可进行短截处理，以促进根粗叶宽。短截时幼根留 4 厘米左右，截后把根插入有一倍凉开水稀释的医用维生素 B_{12}溶液中，浸泡 3～5 分钟，取出蘸上木炭粉，以促进伤口愈合组织的形成和加速生根。一盆栽 3～5 棵幼苗。幼苗分布呈“品”字形，叶片方向要一致。盆底应先加 1～2 层陶砾以便通气。

⑧幼苗管理。移栽后的幼苗，因种子内尚存大量胚乳，且根毛又可以从营养液中吸收多种无机盐，此时养分足够生长所需，可不用补液，只适当补水。保持基质润湿。温度控制在 15～20℃为宜。随着幼苗生长，种子干瘪，胚乳耗尽，相应补充肥液，增补磷钾肥液，促进幼苗生长。第二年春天可以单株定植。

（2）分株繁殖

这种繁殖方法既快又省事，最适合家庭无土盆栽君子兰的繁殖方法。一般广东可在2～3月进行，长江以南于3～4月分株为宜。将母株叶腋抽出的腋芽切离，插入种子繁殖中所述的混合基质中，生根后再定植即可。

82. 怎样水培君子兰？

水培君子兰也是家庭无土盆栽花卉的一种栽培方式。它具有管理简便、成活率高、病虫害少、美观等优点。

所谓的“水”就是营养液，所用花盆与基质栽培方式不同，花盆要求是无底孔的塑料花盆或陶瓷花盆，高30厘米左右，直径大小约20～25厘米。

(1) 水培苗准备

把二年生地栽的君子兰从地上挖起，或将盆栽的脱盆。去掉泥土，洗净根系上的泥土至水清为止，切勿伤根，并认真检查肉质根系。如已有根腐烂病，可用1000倍托布津液浸泡数分钟，洗净后再浸于稀释营养液1天。

剪去老根、烂根、病虫害根和部分黄叶、老叶，留下强壮、旺盛根叶。

(2) 定植方法

①固苗板。定植前应准备固定植株所用的泡沫塑料板（聚苯板），板厚2～3厘米。按花盆口径大小把板裁成圆盖形，盖中心做一圆孔，孔径比定植苗茎基部直径稍大一点即可；做孔后，通过中心2/3处把圆盖裁成大小两半。

②定植。将定植苗茎部夹在大半圆盖的孔上，把根舒展好，然后盖在盆上，并盖好大半圆。

③注液标记。把事先备好的营养液注入花盆内，最好把根系

淹没过半，并做一标记。以后补液、补水就以标记为准。

④盖上盆口。加液后把小半圆盖盖上，正好密封盆口。另外，在2个半圆盆盖上，各打1个直径为1厘米的通气孔，以便通气。

（3）栽培管理

把处理好的水养君子兰移入阴凉处，每天用营养液喷射叶片一次，15天后每3天喷射一次，1个月后停止喷射。水培盆栽君子兰以定时做的水位标记为准，每周补液一次，开花前和开花期应连续补液数次。大苗夏季要每天检查水位，缺水时应补水至水位。

水培盆栽君子兰需要定期换液，冷季1个月、热季半个月换液1次，这样才能保证养分平衡。保持pH值6.0～7.0。

两个月后君子兰长出新叶片，半年至一年后君子兰开花，花凋谢后把花带花序柄剪去，继续管理，以后又能开花。

（4）注意事项

①环境稳定。君子兰定植后不要反复搬迁，应将它置于相对固定的环境中。

②注意营养。营养液每星期补充一次。

③注意根内外追肥相结合，既要加营养液于水中，又要用营养液喷射叶片。

④开花期停止根外施肥，防止花朵提早凋谢。

⑤要促进开花，可用营养液注射头部，每月注射一次，每次半毫升。

83. 怎样无土盆栽君子兰？

家庭无土盆栽君子兰的基质以珍珠岩为最适宜。珍珠岩栽培君子兰定植前准备工作同水培君子兰。

(1) 配制营养液

将市场上销售的无土栽培营养液或君子兰无土栽培专用营养液用水按规定倍数稀释。也可以按 80 问所述配方自已配制营养液。

(2) 选苗洗根

①脱盆。选择株型好、健壮的盆栽君子兰，用手指从盆底孔把根系连土顶出。

②洗根。把带土的根系放在和环境温度接近的水中浸泡，将根系洗净。

③浸液。摘除烂根和黄叶，将根放在配好的营养液浸 8～12 小时，让其充分吸收养分。

(3) 装盆定植

定植时用有底孔的普通塑料花盆或仿古陶瓷花盆（盆大小要与苗相适应），盆底铺一层厚塑料布，防止珍珠岩从底孔流出。为了通气，在盆底先加一层厚 2～5 厘米用水泡过的陶砾，然后加一层厚 2～5 厘米浸湿的珍珠岩，并压实。

将君子兰（大苗）根部横放在一个盆中，往根系中间加入湿珍珠岩，边加边转，待根系中加满珍珠岩后，使盆稍倾斜，双手捧起根部轻轻放入盆中，尽量使夹在根系中的珍珠岩不脱落；然后一手扶好根系，一手加珍珠岩至盆半边八分满，再使盆向已加珍珠岩的半面倾斜，往盆的另一边加珍珠岩至盆八分满，压实。在盆上层加一层陶砾，防止浇水时冲走珍珠岩或日晒产生藻类。再在盆底垫一个托盘。

如果是小苗定植，根很小，就不必要考虑上述根系间加珍珠岩问题。

(4) 浇灌营养液

君子兰上盆定植后，即可浇灌配好的营养液，直到盆底孔有液流出为止，即在盆底的托盘内见到渗出液。同时叶面喷些清水或营养液。

（5）日常管理

①无土盆栽君子兰，对光照、温度等条件的要求与有土栽培基本相同。

②不论大盆或小盆，凡是托盘接得的渗出液，每天或两天1次把渗出液再浇在花盆上，反复进行，直至不再见到渗出液时，就应该浇水或补液。

平日补液大盆每2周1次，中小盆每周1次。每次大盆200～300毫升，中小盆50～100毫升。

君子兰是观花的花卉，需肥较多，开花前和开花期间应多补几次营养液，或全用营养液，每周补水1次。

84. 四季怎样养护无土盆栽君子兰？

君子兰无土盆栽的四季管理基本上与土栽差不多。其四季养护要点如下。

（1）春季——忌夹箭

春季开花的君子兰，如出现夹箭现象，应首先查明原因。如缺水应补水；如缺肥应补液；如温度偏低，应提高温度，使室温达15～20℃。如处理得当，一般经10～15天左右，被夹在假鳞茎中的花葶就可长到应有的高度。

（2）夏季——忌日晒

炎夏最好将无土盆株置于阴棚或树阴之下，中午避免阳光直射。同时降低营养液浓度，并向地面及花盆周围喷水降温，控温在25℃以下，湿度以60%～70%为宜。

（3）秋季——忌雨淋、喷水

入秋，气候渐凉，在秋雨连绵的日子里，成年的无土盆栽君子兰割箭割籽、上箭开花的机会较多，这时如遭雨淋或浇水过多，会导致烂根、烂箭、烂心等现象发生。

因此，在上箭开花时，忌喷水。补水、补液时，防止水、液浸入叶丛中的中心，也不能让雨水淋入叶丛之中，以免发生烂心。严重时，会使全株腐烂致死。

(4) 冬季——忌低温、干燥

冬季，当君子兰处于5℃以下低温时，应注意防冻保暖，可将盆株置于室内有阳光的地方，半月后将盆株转动180°，以利叶子生长的整齐美观。同时注意补水，切忌过干。

冬季室内温度在6～7℃时，可以安全越冬。开花前3个月，增补以磷钾肥为主的营养液肥，以促其抽箭开花。

君子兰在全年的养护过程中，对盆株要经常用清水喷洒，喷后最好用细布抹干，这样既能增加叶子的光洁度，又可提高观赏价值。

病虫防治

85. 君子兰为何易发软腐病？

软腐病是常见病害之一，一般发病率在3%～5%，严重者可达10%以上。该病对君子兰生长和发育影响极大，因此，应注意及时防治。

（1）症状特点

①细菌主要危害茎和叶。茎部发病多以靠近土表的部位开始，病斑为暗绿色，水渍状，不规则形。病茎组织变软腐烂，整株突然倒伏。病害严重时，根部发生腐烂。

②叶部受侵后，叶基发病初期，病部失去光泽，叶片正反两面均呈暗绿色，水渍状，有不规则的病斑。病斑沿叶脉向上迅速发展。病叶腐烂变软下垂。有的则干枯呈黄褐色薄纸。

（2）发病规律

①这是一种习居土壤中的细菌，借助降水和灌溉水向外传播。6～7月为发病盛期。

②病菌发育最适温度为27～30℃，梅雨季节和伏天多雨，病害发生普遍且严重。

③用肥力差和排水不良的粘土盆栽植株，病害重。

④温室培育君子兰，若室内通风不良、温高湿大，病情可加快发展，使叶片腐烂增多、扩展迅速。

（3）防治措施

①精心养护，保持植株通风透光，控制盆土水分，尽量避免病菌传播。

②污染土壤要消毒。换盆前进行土壤消毒，用1%的甲醛液（即40%甲醛100倍液）喷洒土面，然后盖上塑料膜保持药力，以挥发气体消毒，经5～7天后再换盆。

③发病初期喷洒0.5%的波尔多液或链霉素5000倍液或土霉素0.02%～0.05%（200～500ppm）液防治，均能控制住一定病害。或用青霉素、土霉素5000倍液，涂抹病斑，有一定疗效。

④发病较重的植株，应及时剪去病斑部分叶片，换土，喷洒链霉素稀释液，可以防止病害蔓延。

86. 怎样防治君子兰炭疽病？

这是君子兰栽培中常见病害之一，属真菌性病害。我国南北方均普遍发生。

(1) 症状特点

主要侵染叶片。尤其是植株中下部叶片的叶缘更易受害。初期，叶面产生褐色斑点，逐渐扩大为椭圆形，稍凹陷，带有轮纹状斑纹。后期病斑干枯，并在其上散生许多小黑点。发病严重时引起叶片变黑枯萎。

(2) 发病规律

①植株在偏施氮肥、缺乏磷钾肥情况下，炭疽病发生较多；6～9月为发病期。

②温度过高，且多雨潮湿，也易于发病。

(3) 防治措施

①加强植株养护，增施磷钾肥，控制氮肥，提高抗病能力。

②及时剪除病叶，并烧毁或深埋。

③盆株放置不要过密，以保持良好的通风条件，供水应从盆沿注入浇水。

④发病初期，植株喷50%多菌灵1000倍液，或70%托布津1000倍液，或50%退菌特液等农药防治，均有较好效果。

87. 怎样防治君子兰叶斑病？

叶斑病是君子兰栽培中的常见病，属真菌病害。

（1）症状特点

本病发生在叶片上，病害危害初期，叶片发生褐色小斑点，逐渐扩大成黄褐色至灰褐色、不规则形的大病斑。病部稍下陷，边缘略隆起。后期病斑干枯，上面长有黑色小粒点。

（2）发病规律

①高温多雨潮湿季节容易发病。

②浇水过湿，放置过密容易发病。

③营养土太生、肥料未发酵好，盆土中会带有更多的细菌。

④介壳虫危害严重的情况下，叶斑病最易发生，危害严重。

（3）防治措施

①盆土水分不宜过大，定期换盆，促进植株生长健壮，提高植株本身的抗病能力。

②清除病叶及病残体，以减少病原。

③改进浇水方式，要从盆沿注入。

④及时防治介壳虫，避免虫害，以减少侵染。盆株少时可用小竹片进行人工压杀；盆株多时抓住介壳虫卵盛孵期喷布50%氧化乐果乳剂，或50%马拉松1000倍液。

⑤叶斑病初期，喷布50%多菌灵1000倍液，或70%托布津1000倍液，或50%代森铵1000倍液防治，控制病害在初发阶段。

88. 怎样防治君子兰白绢病？

君子兰白绢病属真菌性病害，我国各地普遍发生，而南方多雨地区发病最为严重，病株率达 20%左右。

（1）症状特点

主要发生在君子兰靠近地面的叶基部。初期为褐色水渍状病斑，后则发生褐色软腐，在病部生白色绢丝状菌丝，皮部组织软腐下陷，白色绢状的菌丝布满患病部位，并在土表蔓延。以后部分菌丝缠结成菌核，初为白色，后转黄色、红褐色到深褐色的油菜籽似菌核。基部腐烂，容易拔起。严重时整株发黄，最后枯萎死亡。

（2）发病规律

病菌以菌核越冬，无休眠期，可存活 4～5 年，也以菌核度过不良环境。高温潮湿气候环境易发病，发病重，故我国南方地区，尤以广东等省病害发生严重。上盆时土壤为未经消毒的垃圾土、菜园土时，会带来病菌，引起发病。

（3）防治措施

①进行土壤消毒，拔除病株，集中烧毁，并在病穴四周撒石灰粉消毒；或用 70%五氯硝基苯粉剂加新土 100 倍配成毒土，分层散施。

②发病初期，在茎基部及其四周土壤上，用 50%托布津或 50%多菌灵 500 倍液浇灌，隔 7～10 天再浇一次，即可控制病害蔓延。

③对已烂去根部的君子兰可切去病部，基部以 0.1%升汞水消毒 5 分钟，水洗后稍晾干，再浸于α-萘乙酸 0.005%～0.01%（50～100ppm）中 5～8 小时，重新扦插在无菌湿沙土上，可以重

新生根，1个月后移植于花盆中护理。

89. 如何防治君子兰疮痂病？

君子兰疮痂病属真菌性病害，主要危害叶和根，易使根系腐烂，严重时整个植株死亡，因此，应注意及时防治。

（1）症状特点

该病发生在叶及根上。发病植株的叶上，首先产生芝麻点状不规则的木栓锈斑，后逐渐扩大，呈赤褐色，易并发细菌性的斑枯病，使叶片边缘和叶尖局部组织坏死枯焦，影响成株开花。病株根系部分肉质根腐烂。若防治不及时，易造成植株整个根系腐烂，甚至死亡。

（2）防治措施

①加强养护。发现病株应移至室外阴棚下通风处，并控制浇水，使盆土保持稍干状态。

②发病初期用70%托布津可湿性粉剂或50%多菌灵可湿性粉剂1000倍液，喷洒叶面。

③用50%退菌特800倍液或50%多菌灵800倍液，擦洗病叶，可控制病斑蔓延。

④根系全部腐烂的植株，可从原盆中取出，用纯净素沙另行栽植；等新根生出后，再换培养土，栽入新盆中。

90. 如何防治君子兰根腐病？

此病系盆内含水分过多、盆土长期过湿或栽植时病菌侵入伤口引起的。

（1）症状特点

叶片发黄，新叶生长缓慢或不长新叶；苗期发病多从叶基以下全部烂掉；生长期发病多从根的中部以下烂掉，呈褐色腐烂。

（2）防治措施

①适量浇水，防止盆土长时间过湿，并及时松土，保持土壤良好的通气状况。

②对轻病株，应先把植株从盆中磕出，切除根部已腐烂的部分，切面涂以硫磺粉、土霉素粉或草木灰，然后换新土重新栽培。栽后暂不浇水，第三天才浇水。

③根系大部腐烂的重病株，则从根颈处把根系全部切除，用清水洗净后，再用硫酸铜液200倍或高锰酸钾1000倍液涂抹切面，然后用白纸包裹全部叶片，露出根颈让其在阳光下晒半小时消毒。栽在干净细沙中，置于阴凉处。约两个月长出新根，更换新的培养土，即可进行正常管理。

91. 君子兰叶片发生褐斑病怎么办？

君子兰褐斑病，是由于通风不良和肥水过大引起病菌（真菌）侵染所致。该病主要危害叶片。君子兰受病后，初期叶片出现褐色斑点，后发展成为椭圆形、纺锤形、半圆形、不规则形的病斑，病斑可相互合成大病斑，病斑周围黄色。君子兰如发生褐斑病，可采取如下防治措施。

①精心管理，增强植株抗病力。

②植株定期喷布波尔多液（1∶1∶200）进行预防，有很好效果。

③发病期施药防治。可选用50%退菌特500倍液、75%百菌清500倍液、50%克菌丹500倍液、70%托布津1000倍液，喷洒2～3次，10天一次。

92. 君子兰烂根怎么办？

君子兰苗期从叶基以下全部腐烂，主要是浇水过多，或施用未腐熟的有机肥料所造成。生长期多从根的中段以下腐烂，腐烂部位呈褐色斑块；这主要是施肥量过大、肥料接触根部所致。此外，冬春季节，君子兰孕蕾时，如土温过高，根也会出现深褐色或红色腐烂。总之，在高温高湿环境下，君子兰各生育期都可能发生烂根现象。

对于烂根，可采取如下防治措施：

①发现烂根的植株，应立即将病株从盆内磕出，轻轻剥去泥土，用清水冲洗干净。

②用洁净的利剪彻底清除腐烂根块，切削至正常组织。清剪不良叶片，以减少养分消耗。

③把根放进 0.1%的高锰酸钾溶液中浸泡 5 分钟消毒。

④将消毒后君子兰蘸少许硫磺粉或草木灰，或用多菌灵涂抹伤口。然后放在通风阴凉处将伤口晾干 2～3 天。

⑤如烂根严重，需把它先栽植在经过消毒的沙土里（高温消毒或曝晒），促发新根；如烂根较少，可换上新的培养土（盆土要经过消毒），重新上盆。

⑥上盆后要严格控制浇水，不干绝不浇水，放在通风阴凉处养护。一个月后叶片如不蔫，则已成活；此时从一侧挖开盆土可见沿切口一周长出新根。萌发出新根后可转入正常水肥管理。

93. 如何防治君子兰烂心病？

（1）症状特点

这是由于君子兰心叶渍水而受一种真菌侵染引起的，发生部位多在新叶叶基部。表现为水渍状（开水烫过一样），往后心叶腐烂，生长受阻，若不及时救治，严重时可致植株死亡。如花蕾受害则造成烂蕊，严重影响开花。

（2）发病条件

①浇水不当，多次把水浇入中心叶的中间，造成积水，日久引起了新叶腐烂。

②夏季高温，心叶内积水引起心叶腐烂。

③君子兰孕蕾期浇水或喷水过多，使心叶积水，致使花蕾腐烂，造成烂蕊。

（3）防治措施

①彻底清除腐心。还未挖掘烂心植株前，先进行病株消毒处理，彻底清除腐烂部分，再用75%酒精棉球将烂心株创口及周围消毒。每天一次，连续3天，这样可以阻止烂心的发展。

②挖出烂心株。将清干净的烂心株从盆中取出，用清水冲洗，洗净泥土。挖株时要小心，切勿伤根。

③消毒处理。把烂心株放进0.05%～0.1%的过锰酸钾溶液中浸泡3～4小时左右进行消毒，取出后晾干。

④消炎处理。先擦去病株伤口流出的组织液，再用土霉素片剂5～6片压成粉末，涂抹伤口作消炎处理。亦可用木炭粉涂抹消炎。

⑤素土上盆。待24小时以后，将病株栽入新素土盆中，注意浇湿根水，但不要过湿。

⑥放置阴凉处养护，最好做个防雨设备，以防雨淋。经1个月后，叶茎会出新芽，待新生芽叶长至6～8厘米，始可施以氮磷为主的肥料，3年后便又成一株理想的君子兰。

94. 君子兰夏天怎样防病害？

夏天，君子兰如养护不当，在炎热的气候环境中，叶片上会出现各种各样不同的毛病，有的叶尖、叶缘枯焦，有的叶面出现黑斑，有的还会出烂蕾、烂根等等不正常现象。

(1) 夏季病害的产生原因

①君子兰喜欢凉爽的环境，在夏天的高温烈日下，君子兰的生理机能受阻。

②养管不妥。君子兰进入30℃以上时，一般处在生长缓慢期或半休眠状态，此时它对水分、肥料等需求降低。如果此时浇水过多、过勤，盆土过湿，或者施入浓肥或生肥，不仅加重叶尖、叶缘的枯焦，而且还会引起根部的腐烂或发臭，老叶枯萎脱落。

③如湿度大，易感染病菌，叶面会出现黑斑病或溃疡病等。

④引起叶蕾腐烂的原因，同浇水不当也有关。如把君子兰放在室外让暴雨淋，或者在叶蕾间当头浇水或喷水，天数一多，就引起烂蕾。

(2) 防治措施

实践证明，要防止君子兰夏天病害，必须注意以下几点：

①遮阳降温，忌烈日曝晒。

②盆土保持微湿润，忌过干、过湿。

③不要施肥，更忌浓肥、生肥或化肥。

④细心管护。可通过剪去病叶，或通过翻盆换土（11月前），于12月初移入室内向阳处，加强护管，等待它重发青春。

95. 怎样防治君子兰日灼病？

君子兰日灼病的病原为生理性伤害。此病多发生在炎热的夏季，因君子兰叶片受到曝晒，阳光杀死叶片的细胞造成。尤其苗期叶片较嫩和长势弱的植株叶片，最易发生日灼病。轻病株叶片边缘变白，或叶片出现边缘不清晰、发黄的干枯斑块；重病株叶片组织坏死，受害处变成枯焦状。

日灼病的防治措施如下：

①家庭栽培君子兰，入夏后应置放阴凉通风处养护，避免高温和强光直射。

②温室栽培君子兰，一般6～9月都要遮阴。当温度达30℃时，要开窗通风或喷水降温，降低日温差，减轻伤害。

③君子兰一旦发生日灼后，将被害叶片剪除；如日灼叶片轻，只有少而局部灼伤，可不必剪切，以免影响整株生长。日灼的叶片一般不会腐烂，属生理性伤害自然不会扩散。

96. 君子兰叶尖发黄枯焦怎么办？

君子兰叶尖发黄枯焦，是家养君子兰常出现的不正常现象。这主要是由于管理欠妥引起的一种生理性病症，严重时会导致整株死亡。可针对不同的病因，采取相应的防治措施。

(1) 施用生肥或浓肥

君子兰的肉质根系，粗壮肥嫩，最忌施过多过浓肥料或施用未经腐熟的有机生肥；否则，很易造成烧根，轻者引起叶尖变黄、叶缘枯焦，重者导致全株赤黄枯死。

救治方法：

①立即增加浇水量和浇水次数，冲淡浓肥。要防止积水。

②如是生肥造成的危害，则要立即倒盆换土，倒出植株，先将根系冲洗一下，并剪除被伤的根，再用木炭粉涂抹伤口，然后重栽。

（2）烈日曝晒

君子兰喜阴凉湿润环境。如将君子兰置于闷热不通风处，或在高温干燥环境下再加烈日曝晒，抑制了君子兰植株体内酶的正常活动，使叶片里的叶绿素会遭到破坏，那么，就会导致君子兰叶片萎黄，尤其幼嫩叶叶尖发黄或叶子边缘枯焦。

救治方法：

①将盆花及时移置通风阴凉处。

②遮阴，防止阳光直射。

③在君子兰植株周围及地面喷洒水，以提高湿度，降低温度。

（3）排水不良

浇水太勤或长期的连绵阴雨，使盆土较长时间处于积水状态，造成土壤中氧气减少，不能满足需要，导致君子兰生命活动失常，根系腐烂，致使嫩叶尖变黄，继而老叶变黄。

救治方法：

①立即控制浇水。

②避免雨淋。

③停止施肥。

④经常松土，使土壤增加含氧量，提高根系吸收能力，促进植株生长。

（4）土壤干旱

盆土过于干旱，土壤缺少水分。君子兰严重时会老叶死亡，新叶干尖。

救治方法：

①先适量浇水。

②在气温高而干燥的情况下，更要注意均衡浇水。

③待君子兰逐渐恢复生机后，可转入正常水肥管理。

④平时经常保持盆土湿润而疏松。

97. 怎样防治介壳虫？

介壳虫虫体小，繁殖系数大，体外又被有蜡质层，对君子兰危害极大，发生严重时可致植株死亡，是危害君子兰的最主要害虫。

（1）症状

我国南北各地危害君子兰的介壳虫主要有吹绵蚧、红圆蚧和褐软蚧。这几种蚧虫，均常以若虫和雌成虫群聚于君子兰叶背、叶基部（叶鞘）等处危害，吸取汁液，影响植株生长。严重时造成叶片枯黄，并诱发其他病害发生。严重影响君子兰正常生长和开花。此外，其排泄物易繁殖霉菌，使叶片变黑，既影响光合作用又影响观赏价值。

温度高、湿度大、通风不良的条件下，该虫更易发生。

（2）防治措施

①发生数量少时，对少量吹绵蚧、红圆蚧、褐软蚧可用毛刷蘸水刷除。

②药剂防治。这类虫属刺吸式口器，一般用内吸药剂防治效果较好。

在初孵幼虫大量出现时，用25％亚胺硫磷1000倍液或2.5％溴氰菊酯3000倍液喷洒。

③用40％马拉硫磷1000～1500倍液灌根；或用3％呋喃丹颗粒剂，散布根区周围，然后覆盖表土，再浇透水，施用量见表2。

表2 3%呋喃丹颗粒剂施用量

花盆口径（厘米）	施用量（克）
60	30
40～50	25
28	10
17	5

98. 如何防治碧皑蓑蛾？

碧皑蓑蛾是一种鳞翅目食叶害虫。以幼虫啃食君子兰叶片，被害叶呈缺口或孔洞，影响生长和观赏效果。

该虫以幼虫在护囊中越冬，初春越冬幼虫钻出护囊开始危害，6～9月是当年幼虫危害期。但一般该虫发生不多，又容易发现，故危害一般不会很严重。

只要平时常观察多检查，便可发现虫情。碧皑蓑蛾幼虫躲在囊袋里，护囊挂在叶片下面，幼虫不出囊袋，只伸出头啃食危害。当发现叶片有被虫啃食成缺口或孔洞时，就寻找叶片下面的护囊，并立即摘除杀死。成虫发生期可用灯诱杀。

99. 怎样防治蜗牛和蛞蝓？

蜗牛和蛞蝓不属昆虫而是一类软体动物。这些软体动物生长在阴湿环境，主要危害阴棚及离地面较近的阳台盆株。尤以夏季阴雨天气危害严重。蜗牛白天多栖息于水缸或水池边缘，蛞蝓多栖息于花盆底部及漏水孔内。夜间出来活动觅食，啃食君子兰嫩叶、嫩茎和花等部分，危害极大，并且繁殖快。因食量大，常一个晚上就把君子兰叶片啃食得面目全非。

蜗牛和蛞蝓的区别在于蜗牛体外具硬壳，蛞蝓无壳。

对于蜗牛和蛞蝓，可采取如下防治方法：

①如数量少，可在夜晚或清晨进行人工捕杀，并随时检查水缸、水池、盆边及盆底。如有发现，立即杀死。

②用麸皮拌以敌百虫撒在它们经常活动的地方进行毒杀。

③在君子兰周围及花盆上喷洒敌百虫等农药，或在花盆周围撒上石灰，均有较好防治效果。

④倒一些啤酒于浅盘中，蜗牛、蛞蝓会自动爬入淹死。

⑤将食盐装在纱网袋中，置于蛞蝓出入之道口或盆株边。蛞蝓爬过时，食盐可吸去蛞蝓体内水分而使其死亡。

100. 对君子兰病虫如何进行无污染防治？

家庭莳养君子兰，如过多地使用化学农药防治病虫害，极易造成环境污染，怎样才能做到无污染防治呢？以下介绍几种无污染防治方法。

（1）高脂膜

高脂膜是用高级脂肪醇（或酸）制备的成膜物质。高脂膜对水稀释后喷到君子兰植株上，表面形成一层很薄、肉眼见不到的膜层。植株体表被覆膜层后，允许氧气和二氧化碳通过，真菌芽管可以穿过膜层侵入植株体内；但病原物在植株组织内不得扩展或很少扩展，从而控制了病害。实践证明，高脂膜对君子兰叶斑病、炭疽病、疮痂病等多种真菌性病害有很好控制作用。未发病君子兰植株喷洒高脂膜后，对预防病害有很好效果。

高脂膜稀释后还可喷洒在盆土表面，也形成一层肉眼见不到的膜层。盆土表面覆盖有高脂膜层后，可控制土壤中的病原物侵害植株地上部分。这是一种简便易行的预防君子兰白绢病的方法。

使用方法：在发病初期，用80～100倍的高脂膜液，均匀喷洒在君子兰植株叶片上；5～7天再喷第二次，连续喷洒2～3次。防治效果达90%以上。

（2）草木灰

①防治叶斑病。君子兰叶斑病是普遍发生的一种病害。可用草木灰3份、生石灰1份混合拌匀后撒施，每盆40～60克；或过筛喷粉。也可以单独撒草木灰。对君子兰叶斑病有明显的防治效果，且可兼治君子兰白绢病。

②防治根腐病。草木灰对君子兰根腐病亦有很好的防治效果。具体操作方法是：先扒开根部的土壤，尽量清净腐根，然后每株（盆）施入200～400克草木灰覆盖根部，上面覆盖泥土，治愈率达90%以上。

（3）大蒜液

大蒜液防治君子兰叶斑病等病害效果十分显著。将大蒜剥去外皮，放于容器或碗中捣碎成蒜泥，然后对入少量清水（1小粒大蒜对20～30克清水），充分搅拌均匀，用毛笔或毛刷把蒜液抹在植株叶片上病部。每隔5～7天涂一次，每次最好正反面都抹到病斑，连抹2～3次，便可治愈。此法取材易，花费少，效果好，很适合家养君子兰用。

（4）洗衣粉

用洗衣粉稀释液防治介壳虫有很好效果。当介壳虫若虫发生盛期，用洗衣粉200倍液喷洒或用毛笔（毛刷）蘸洗衣粉液涂刷。如用洗衣粉200倍液加0.3%的柴油乳剂（用洗衣粉25克，加入热水少许，溶成浆糊状，再加入15克零号柴油，不断搅拌，再加水5千克）喷洒，杀虫效果更好。

（5）食醋

用食醋（米醋）50毫升，将1小块棉球放入醋中浸湿，而后将浸湿的棉球在受害的君子兰的茎叶上轻轻揩擦，介壳虫沾到醋液后，就会死亡。这一方法既方便又安全，且可使君子兰被害叶子重新返绿光亮。

图书在版编目(CIP)数据

家养君子兰100问/李亿坤编著.—福州:福建科学技术出版社,2000.10(2003.1重印)

(花鸟虫鱼问答丛书)

ISBN 7-5335-1703-2

Ⅰ.家… Ⅱ.李… Ⅲ.君子兰-观赏园艺-问答 Ⅳ.S682.1-44

中国版本图书馆CIP数据核字(2000)第32248号

书　　名	**家养君子兰100问**
	花鸟虫鱼问答丛书
编　　著	李亿坤
出版发行	福建科学技术出版社(福州市东水路76号,邮编350001)
经　　销	各地新华书店
排　　版	福建科学技术出版社排版室
印　　刷	福建省新华印刷厂
开　　本	850毫米×1168毫米　1/32
印　　张	5
插　　页	26
字　　数	114千字
版　　次	2000年10月第1版
印　　次	2003年1月第3次印刷
印　　数	12 001—15 000
书　　号	ISBN 7-5335-1703-2/S·212
定　　价	16.80元

书中如有印装质量问题,可直接向本社调换